U0068281

名流詩叢
23

孟加拉詩 *100* 首

震動了群眾火焰的講壇，
詩人朗誦他的不朽詩篇：
「此時此刻的鬥爭是為自由，
此時此刻的鬥爭是為獨立！」

〔孟〕阿米紐‧拉赫曼（Aminur Rahman）◎編著

李魁賢（Lee Kuei-shien）◎譯

譯序
孟加拉詩知多少

李魁賢

　　南亞詩人泰戈爾名字，幾乎無人不知，但一提到泰戈爾，大家的認知是，他是印度詩人。他在1861年出生時大印度是一統在英國殖民統治下，1941年過世時，印度還沒有獨立。二次世界大戰結束後，主要因宗教不同，在1947年分別獨立印度和巴基斯坦，到1971年又因語言問題，東巴基斯坦發生獨立運動，終於與巴基斯坦分離，1972年成立孟加拉人民共和國。

　　以目前國土為界，泰戈爾卻是孟加拉人，而且泰戈爾本身也是用孟加拉語寫作，更特別的是，印度國歌《人民的意志》和孟加拉國國歌《金色孟加拉》都使用泰戈爾的詩：

　　　　我的金色孟加拉，我的母親，我愛您。
　　　　我心裡永遠歌唱您的藍天，您的空氣。
　　　　噢，母親，我像笛子永遠歌唱著您。
　　　　金色孟加拉，我的母親，我愛你。

　　由泰戈爾一例，已可透露孟加拉現代詩的根底和

發展，然而至少在孟加拉發起語言運動，進而追求脫離巴基斯坦，成為獨立國家的過程中，詩表現在介入社會的現實精神，已遠遠超出泰戈爾以哲思連結詩性的抒情美感意識，由本書25位孟加拉詩人的100首詩，可充分表現孟加拉詩的現代風貌。

　　孟加拉詩人阿米紐・拉赫曼是一位優秀詩人，也是非常有為的企業家，全力推動孟加拉詩的國際交流活動。與他結交已經十餘年，在台灣高雄、蒙古烏蘭巴托、印度青奈等地的國際詩歌節相與盤桓。他在2010年把拙詩編譯入孟加拉語《世界當代十大詩人選集》（Contemporary Top 10 Poets of the World），2016年又頒給我卡塔克（Kathak）文學獎。有此多年的詩緣，相知日深，而有此書的合作編譯，由他編選孟加拉代表詩作英文本，我則負責漢譯，這是很好的一項經驗，讓我們擴大視域，多瞭解世界的詩，和詩的世界！

2016.11.08

目次

薩姆殊爾・拉赫曼
Shamsur Rahman

　　1929年10月23日生，2006年8月17日逝。孟加拉最卓越詩人之一。薩姆殊爾・拉赫曼於上世紀五〇年代崛起，出版60餘本詩集，成為孟加拉文學的關鍵人物。第一本詩集《二度死亡前的第一曲》（Prothom Gaan Dwityo Mrittyur Agey）出版於1960年。也寫過幾部小說、短篇故事和自傳，譯過美國詩人佛洛斯特的詩。其他詩集有《Roudro Korotite》、《Biddhosto Nilima》、《Neej Bashbhumay》、《Bondi Shibir Theke》、《Ekaruser Akash》、《Deshodrohi Hote Icchay Kore》等。長期從事記者工作，擔任過全國性《孟加拉日報》（Dainik Bangla）編輯。榮獲Adamjee文學獎（1962年）、孟加拉學術院獎（1969年）、Ekushey Padak獎（1977年）、Swadhinata Padak（1991年）、日本三菱獎（1992年）、印度Ananda Purosker獎（1994年）等。

1. 厄勒克特拉之歌
Electra's Song

雨天雲層佈滿天空，
怪異的閃電一直閃不停。
沒有朋友或近親，心裡不平靜；
殘酷的回憶在千人頭蓋骨上逡巡。

阿伽門農，殉難的父親呀，躺在墓裡。

自從我在夢林中摘玫瑰已經久矣，
整天聆聽野生知更鳥呼叫。
初綻金紅花和我一起快樂遊戲，
有時戲謔拉扯我的辮子。

阿伽門農，殉難的父親呀，躺在墓裡。

我聽見旋律，異國情調，使人陶醉，
縈懷在心。很多諧星自認福氣
在此受到厚賞，在殿堂獻上感恩花卉。

阿伽門農，殉難的父親呀，躺在墓裡。

喜樂的蝴蝶變成逃犯，憂心
統治地位；險惡濃霧籠罩一切。
屠殺哭聲使我徬徨悲痛欲絕，
眼淚夜間在我床上留名。

阿伽門農，殉難的父親呀，躺在墓裡。

記憶中白天燦亮如故，當偉大英雄
從遠方之地凱旋歸來之時。
那是勝利鼓聲和群眾歡呼，
城鄉齊歌頌，他是自由使者。

阿伽門農，殉難的父親呀，躺在墓裡。

在難逃命運的牽扯中，成名英雄倒下
像堅固城堡崩塌，他的鮮血未流在

異邦土壤；在其故鄉，自己家裡，
他們無武裝、無預警刺殺他。

阿伽門農，殉難的父親呀，躺在墓裡。

我逃避只能喃喃自語，真是罪過
即使公開哀悼你，被謀殺的父親呀。
父親，你甚至被禁止入夢來；
對你的女兒是多麼難忍的折磨！

阿伽門農，殉難的父親呀，躺在墓裡。

風雲奔馳過我心上，我孤守在
父親家裡，我責無旁貸要服喪。
他的刺客環伺周圍，間諜眼線
盯住我。我徬徨無助。

阿伽門農，殉難的父親呀，躺在墓裡。

有時人靜夜半，我被腳步聲
馬廄內的狂烈馬鳴聲驚醒，
獵狗一直摳門不停。
急切要用爪牙汲取我的血液。

阿伽門農，殉難的父親呀，躺在墓裡。

早上我只要一睜開眼睛，就看見
光和影不休止的遊戲，親吻我。
藉微風，我只要看到跳躍的
青壯鹿，我就會撫慰心頭的哀思。

阿伽門農，殉難的父親呀，躺在墓裡。

我的兄弟逃亡；誰能夠在這目盲之地
再度給我保證，何處是共擔損失的夥伴？
我的兄弟在誰的屋頂下可得麵包屑？
俄瑞斯忒斯的馬在何處異國平原揚塵？

薩姆殊爾·拉赫曼　013

阿伽門農，殉難的父親呀，躺在墓裡。

我豎起耳朵諦聽震響，那會是
從烏鴉巢傳來的鷹叫聲？金紅花
保持超然，幼稚少女以其妙齡之身
以琴弦的美妙音樂為生。

阿伽門農，殉難的父親呀，躺在墓裡。

我像一隻在森林大火中活烤的雌鹿；
我整天在盼望送葬行列，埋首黑暗裡。
玫瑰在我手中凋謝，茉莉從我掌中
掉落；像月季花在我胸中燃起復仇火焰。

阿伽門農，殉難的父親呀，躺在墓裡。

我永遠無法能夠揮出憤怒劍鋒，
雖然心中怒不可遏、念念不忘復仇。

我試圖自我淨化遭到挫折
似乎我的眼光專注於一對鸇鳥
在夕陽中歡樂飛越過河川。

阿伽門農，殉難的父親呀，躺在墓裡。

我是笛子可供任何人以任何曲調
隨時隨意方式吹奏？我獨自
漫步在充滿荊棘的嗜血小徑上；
未來在我喉嚨、在我墓裡呼吸。

阿伽門農，殉難的父親呀，躺在墓裡。

轉譯自Kaiser Huq 英譯本

薩姆殊爾·拉赫曼

2. 保證
A Promise

我說話算話，會來找妳，去了
妳一定會很高興，敞開
妳沉靜、純淨內心。今天
別徒然望著我。妳靦腆親密
無心離開我。在城市公園裡
妳的門常開──妳的肌膚清香──
我忍不住。時間到時，我說話算話，
我會崇拜妳、妳的秀臉、妳的淡彩。

在我心中，鮮紅傷口發亮──
許多人陣亡，還有重傷，
很多很多。我們談情不宜在此公園
對我們此時不宜。蜂鳴聲──
伏耳地面傾聽──極為奇特
這些日子。軍隊召集且大炮隆隆響。
等我們傷口療癒後，
在靜悄悄的某天晚上──

我會去找妳，我最親愛的玫瑰——
我不會辜負妳，我給妳保證。

轉譯自Sudeep Sen 英譯本

3. 自由頌
An Ode to Freedom

自由呀，你是
泰戈爾永恆的詩、不朽的歌詞。
自由呀，你是
卡濟‧納茲魯[1]，堂堂男子漢，
創作中自得其樂，歡樂無窮。
自由呀，你是
國際母語日在烈士碑前的熱烈集會。
自由呀，你是
掛國旗、呼口號的熱鬧遊行。
自由呀，你是
農夫在田中喜洋洋的臉孔。
自由呀，你是
村姑在中午池塘裡輕快游泳。
自由呀，你是
技術工人曬黑手臂上的強壯肌肉。

---

[1] 卡濟‧納茲魯（Kazi Nazrul Islam, 1899 ~ 1976）是孟加拉詩人、作家、音樂家和革命家。

自由呀，你是

自由鬥士在昏暗荒涼邊境斥候的炯炯目光。

自由呀，你是

精力充沛學者在榕樹下鏗鏘演講。

自由呀，你是

小吃館、公眾聚會、公園裡嘈雜閒話。

自由呀，你是

西北雨橫掃火熱水平線的轟隆巨響。

自由呀，你是

梅格納河[2]心臟，沙旺月[3]漲潮海岸。

自由呀，你是

父親有天鵝絨觸感的遊俠跪墊。

自由呀，你是

母親鋪展在院子裡的樸素沙麗花紋。

---

[2] 梅格納（Meghna）是孟加拉重要河流，形成恆河三角洲的三大河流之一，流入孟加拉灣。

[3] 沙旺月（Sraba），印度教曆書第五月，是最神聖的月份，在印度北部供奉濕婆神。

薩姆殊爾·拉赫曼　019

自由呀，你是

姊妹細柔手上的指甲花色調。

自由呀，你是

朋友手持生動標語牌的閃亮星星。

自由呀，你是

妻子烏黑秀髮在野風中狂亂。

自由呀，你是

小男孩的五彩無領長袖襯衫。

小女孩幼嫩臉頰上嬉戲的陽光。

自由呀，你是：

花園內的家；噪鵑啁啾。

古榕樹颯颯不停的樹葉。

我的詩簿，隨時高興就寫詩。

轉譯自Syed Manzoorul Islam 英譯本

4. 阿薩德襯衫
Asad's Shirt

像血紅夾竹桃花束
像燃燒的晚霞
阿薩德襯衫在陣風中
飄動，無限藍調。
是他姊姊
用心愛的
細金線為弟弟
縫製無瑕的襯衫
鈕扣像星星閃亮；
他老娘常常
如此細心，
把這襯衫晾在
陽光照耀的院子。
如今這件襯衫
已棄置在母親院子裡，
由燦亮的陽光加彩
石榴樹投下
柔和影子
如今跳動

在城市幹道上，
在工廠冒煙的煙囪頂，
在迴音大街的
每一個屋隅和角落，
如何跳動
不休
在我們乾渴內心的
曬焦範圍內，
有自覺的人民每次點閱時
以共同目的團結。
我們的弱點、我們的懦弱
我們罪過和羞恥的汙點——
全部躲過公眾的眼光
藉此可憐的破衣裳
阿薩德襯衫已變成
我們震動內心的抗暴旗幟。[4]

轉譯自Syed Najmuddin Hashim英譯本

---

[4] 此詩寫孟加拉獨立元勳Maulana Bhasani在1969年領導群眾起義。

5. 為了幾行詩
For a Few Lines of Poetry

我走向一棵樹說：
親愛的樹，你能給我一首詩嗎？
樹說：如果你能鑽過我的
樹皮且透入我的骨髓，
也許你會得到一首詩。
我在一面頹牆的
耳邊低語：
你能給我一首詩嗎？
古牆以厚苔聲音
輕聲回話：
如果你能把自己磨粉
摻入磚塊和我的灰泥內，
也許你會得到一首詩。

我跪下雙膝
向一位耆老乞求：
請給我一首詩。
打破沉默面紗

智者聲音說：
如果你能把我臉上的
皺紋刻在你自己臉上，
也許你會得到一首詩。

只為了幾行詩，
我要在這棵樹前，
在這堵頹牆前面等多久？
在耆老面前
我到底要跪多久？

轉譯自Syed Najmuddin Hashim英譯本

阿拉烏丁·阿爾·阿札德
Alauddin Al Azad

　　1932年5月6日生，2009年7月3日逝。現代孟加拉著名才子作家、小說家、詩人之一。1970年獲倫敦大學博士學位，在吉大港大學擔任教授。對1952年的語言運動有重大貢獻。出版詩集《Bhorer Nodir Mohonay Jagoron》、《Manchitra》、《Surjo Jalar Swapan》等，小說《Teish Number Toilochitra》、《Shiter Sheshrat Basanter Prothom Din》、《Karnafuli》，故事《Jege Aachi》、《Dhankannya》、《Mrigonavi》等。榮獲孟加拉學術院獎（1965年）、聯合國教科文組織獎（1965年）、國家電影獎（1977年）、孟加拉國家Ekushey Padak獎（1986年）等。

6. 紀念碑
The Monument

他們破壞了你們的紀念碑？
　　　不要怕，同志，
　　　我們還在這裡，
千萬人家族，警醒了。

　　　底座不是皇帝所能摧毀，
　　　在其腳下鑽石皇冠、藍皮詔書
被手持白刃疾如暴風雨的騎兵隊
　　　踩成灰塵，
我們是單純勇士、獨特群眾，
我們在田裡耕種、河上打漁、工場勞動！

他們破壞了你們的磚造紀念碑？
隨便他們啦，不要怕，同志，
　　　我們是千萬人家族，
　　　警醒了。
這是什麼樣的死亡？
有任何人見過如此死亡

無人領先逝者哭泣？
一切傷痛從喜馬拉雅山通到海
　　　　一起來並且綻放成
單一旗幟的顏色？
這是什麼樣的死亡？

有任何人見過如此死亡
　　　　無人大聲悲嘆，
只有西塔琴[5]轉變成為
　　　　強力瀑布的雄壯水流，
許多文字的季節
　　　　把筆導向詩的紀元？

　　　　他們破壞了你們的磚造紀念碑？
隨便他們啦。我們四千萬個石匠

---

[5]　西塔琴（Sitar）是印度的一種六弦樂器。

砌造紀念碑以小提琴旋律
和我們紫紅心的亮麗顏色。

烈士的生命像島浮現
　　　　在彩虹和柚木花的
　　　　黑透眼睛裡。
我們經年累月為你把他們名字
　　　　飾刻在愛情的泡孔石內。

同志，這就是我們成千拳頭的
花崗岩峰像堅強誓言的太陽
　　　　閃閃發光的道理。

　　　　　　　轉譯自Kabir Chowdhury英譯本

7. 在博物館
At the Museum

星期天數學停課時
市民前來擠在大門口。
我們兩位也在群眾當中。

在妳眼中
那是新奇和新知的暗示。
妳繼續追問戲劇性的問題，
以巧語，迅速達成
不成熟且幼稚的結論。

一位孟加拉紳士走過來
褪色外套整整齊齊披在肩上。
全家人跟著他：
妙齡女孩咬著棕色巧克力，
臉色凝重，看似
阿旃陀石窟[6]的壁畫，

6　阿旃陀石窟（Ajanta）是印度最大的佛教石窟遺址，始建於阿育王時代。

小男嬰靜靜睡在
母親懷抱裡，
光滑細嫩手臂隨意
擱在脖子上。

一位摩登少婦，
全臉全身明顯可證
刻意化妝過，
等她朋友等到不耐煩
明明確定要來卻遲不見人。
輕頓高跟鞋
表露明顯生氣。

一位少年郎頭上
飛蓬亂髮：
厚厚麻布袋掛在右肩。
手持畫架
上面貼著粗畫紙。

當地藝術學校一年級生，
可能是要來繪一些
史前動物的骸骨。

還有許多人加進來增加群眾。

夕陽慵懶傾斜下沉。
我們都急於趕到。
鞋子稍顯
不耐煩的摩擦
和增加權威的評論
都必須低聲。

突然半點鐘響
宣告已經四點半。
大門推開了
我們彼此推推擠擠
進入停在博物館建築的

階梯上。
方尖碑矗立在柱子右側
顯示猙獰張開的裂縫
在其藍石上蝕刻
祝融的形象
和手臂毀損的佛雕。
許多精雕細琢點
被時光強流沖刷掉，
我乍見掃視
又看到：
在許多非自然生物的化石裡
印刷世界栩栩然令人驚歎，
粗淺的創作缺點不少
在鳥獸和海洋哺乳動物的
形狀方面，
如今驚艷的是，就在那旁邊
我看到人微乎其微的優越
悲劇性信任雕刻和建築的大膽嘗試。

我做過科學教授。
挫折和絕望不是我的個性。
我清楚看到我們也正向前移動
沿著無法避開的樓梯
把我們溫暖呼吸
噓出到周圍空氣中。

我確知我們也會成為
時間博物館的必然受害者
這項知識未令我們喪膽
也沒有使我們眼睛蒙上憂愁影子。
突然有意念湧上心頭。
或許妳也忽然想到;
我們是太陽恩寵的新時代群眾。
在燦爛合作日的匯合點
會留下一些如此大
如此漂亮
如此高貴

阿拉烏丁·阿爾·阿札德

讓明天的市民會佇立在
樓梯旁深受驚歎衝擊。

轉譯自*Kabir Chowdhury*英譯本

塞義德·沙姆殊·哈克
Syed Shamsul Haq

　　1935年12月27日生，寫詩、小說、劇本，大部分是詩劇，和散文。被歸為孟加拉先進詩人和劇作家。在形式和語言方面的實驗，賦予孟加拉文學新方向。著作有詩集《Boishakhe Rochito Ponktimala》、《Birotihin Utsob》等，小說《Neel Dangshon》、《Brishti O Bidrohigon》、《Tumi Sei Tarbari》、《Nishiddha Loban》、《Khelaram Khele Ja》等，短篇小說集《Tash》、《Anander Mrittu》等，劇本《Payer Awaj Paoa Jay Nuruldiner Shara Jibon》。榮獲孟加拉學術院獎（1966年）、Adamjee文學獎（1969年）、Ekushey Padak獎（1984年）、Swadhinata Padak（2000年）等。

8. 致新聞記者
To the Press Reporter

不，請不要再給我報導死亡的新聞。
不要在你的報紙上
用黑體字刊載死者肖像。
請告訴那些在街上邊跑邊叫的人
此時此刻那麼多人倒下了
請告訴他們不要再喊啦。
我身邊有人流著眼淚
用嚇破的聲音問：
昨夜死了多少人？
請禁止他們再上街頭。
不，請不要再給我
報導死亡的新聞。
那些數字有什麼關係？
那些數字我們該怎麼辦？
母親失去兒子，同胞失去
兄弟、心愛的人，這還不夠嗎？
當一朵花被摘下
整個花環天堂會晃動，

有一道裂縫就會擾亂掉
宇宙整體安全，這還不夠嗎？

轉譯自Kabir Chowdhury英譯本

9. 1971年3月1日
March 1, 1971[7]

看吧，我不帶武器，不過
我有一種武器，永遠
用不完，每次使用
只會愈顯鋒利──我的生命。
我不止有一個生命，
而是千千萬萬的生命。

看吧，我手中不拿旗幟，
但我擁有的旗幟
不升掛在自吹自誇的桅竿上
我的旗幟是我母親的臉。

---

[7]　1971年3月1日東巴基斯坦人民發動對巴基斯坦政府集體不服從，原
　　因是執政的巴基斯坦人民黨（PPP）布托（Zulfikur Ali Bhutto）反對
　　孟加拉自決權，不願交出政權給大選壓倒性勝利的人民聯盟（Awami
　　League）領袖穆吉布‧拉赫曼（Sheikh Mujibur Rahman）。翌日，
　　達卡大學學生升起孟加拉新國旗，又次日發表獨立宣言，從此展開孟
　　加拉國武裝獨立運動。參見拙詩〈孟加拉悲歌〉（獲1975年第三屆吳
　　濁流新詩獎）。

我不止有一位母親，
而是千千萬萬的母親。

看吧，我被鍊條拴住，
但這些鍊條，是我的武器，
我有千千萬萬的武器。
我們彼此一起鏈接在這鍊條裡。

我是在母親子宮裡孕育，
用她的血一點一滴；我的心
以她生命的照明火花顫動；
我的身體從她難受痛苦中產出。

母親呀，今天還給妳
我的身體、我的生命，
在一切悲痛結束時
妳又可重新成為
千千萬萬孩童的母親。

轉譯自Kabir Chowdhury英譯本

塞義德·沙姆殊·哈克　039

阿爾・馬哈茂德
Al Mahmud

　　1936年生，孟加拉重要詩人之一。出版過上百冊書，包含詩、短篇故事、小說等，《Kaler Kales》、《Sonali Kabin》、《Pan Kaurir Rakto》等。榮獲孟加拉學術院獎、Ekushey Padak獎等。

10. 妳記得嗎
Do You Remember

妳記得那禁忌之夜嗎？
指著莫測高深的天空
和雲彩小雞
妳眼睛注視著聖潔
說道：「看那邊，
神騎在騰躍馬背上。」

夜鶯在交配消魂後，鳴囀
向我們傳達牠們相當羞愧。
妳也是，解開襯衣鈕子，
給我傳遞妳無聲訊息：
讓我同樣醜態畢露吧。

11. 金婚約
The Golden Marriage Contract

利用雨水，親愛的，
利用稻田的褐色穀粒，
利用我們吃的魚肉，
利用恩賜的濃牛奶，
利用犁、鐮刀，風吹滿帆。
我說，從來沒有詩人把心當玩具。
如果我背叛和傷害我的舌頭，
那就請轉變成照明光線
用離婚的震撼穿刺我的心。

我用親吻照顧妳的身體，親愛的，
　　　　　　　自由自在不會臉紅，
像夜裡一陣波浪衝破
黑暗河水上浮動的溫柔鴨胸。
如果我有違反這樣的行為，
我以熱情的詩篇發誓，
讓神給我最嚴厲的懲罰。

12. 安慰
Consolation

我愈忍耐不住
流汗愈多。
人行道整天在炎日下燙燒。
吃盡苦頭，傍晚回到家。
無限的痛似乎燒光我的血液。
然後像受寵的妓女
黑暗以沙啞的安慰喚我
並且低聲溫柔迎接。

13. 暗夜裡
One Night in the Dark

暗夜裡
我受寵的心魔
來我室內
把桌上蠟燭吹熄，
他冷漠之身穿著深色斗篷，
露出淡淡笑容透過他的魔咒
告訴我，如果我願意
我可以前往主的城市，
通過禁區
站在果實累累的
神奇樹下歇息片刻！
我說，請神力助我利刃
使我完美無瑕切開神的奇果
只與我深愛的一人分享。

14. 無論我何時去
Whenever I go

自從我邀請河流
它就偏離河道
在我住處掀起狂風巨浪。
只這麼一次，我請求
名叫塔赫拉的純樸村女
和無數的年輕婦人
離家群聚在我週圍。
我看到空中一群野鴨。
我大聲呼喊：鳥呀，鳥呀，鳥呀，
全部野鴨飛到我身邊像花環。

帶著我衣上的河水泡沫，
帶著吻痕
像我胸膛上的魚眼，
無論我何時去
河水怒濤都在我身後追趕，
紗麗泡在血中，一列野鴨
因突然的槍聲飛散了。

以上五首均轉譯自*Kabir Chowdhury*英譯本

阿爾·馬哈茂德　　045

法查・沙哈布汀
Fazal Shahabuddin

　　1936年2月4日生，2014年逝，是孟加拉傑出詩人之一，也是小說家、短篇小說作家、翻譯家。身為報人，創辦兼主編深具影響力的《文匯》（Bichitra）週刊。自1956年起主編詩刊《Kabikantha》。出版詩集《Trishnar Agnite Eka》、《Akhankito Osundar》、《Atotai Surjasto》、《Antarikhshe Arannya》，小說《Dickchinnohin》，短篇小說集 《Chinnobhinno Koekjon》。榮獲孟加拉學術院獎（1972年）、Ekushey Padak獎（1988年）等。參加過韓國、日本等多國舉辦的詩歌節，曾出席2005年高雄世界詩歌節。

15. 我的門
My Doors

我的門已經關了很久
透過窗再也看不到什麼。
再也沒有人會站在我的門階。
再也不會有滿天星空在窗外閃耀。
我的門關了，
窗外什麼也沒有。
停泊在我河流的所有字句已經消失很久
我的山不再穿著層層雲彩。
我的河流如今像屍血仍然冰冷無聲
如今我的山脈不過是
遼夐擴延的無生機石頭山。
我所有通路已禁止出入。
不准逗留的告示牌已樹立。
多年來我已固定瞪著不能透視的暗牆。
在我視線內如今開始連續陷入
日出豪雨月光和親吻
如今妳不前來敲我關閉的門扉
也不佇立在我窗前嗎？

轉譯自Kabir Chowdhury英譯本

16. 步道
Footpath

　　我喜歡在步道散步
　　走過全市、走遍世界。
　　到處步道人跡少見
　　沒有行人，什麼都沒有
　　連風都沒有聲音。
　　只有昆蟲
　　數百萬，分散各處。
　　像地球上的病症。
　　聰明、瘋狂、惡毒和變態
　　昆蟲到處都是。
　　沒有人、沒有行人
　　什麼都沒有。
　　我喜歡步道的孤單
　　我走過全市，
　　走遍世界。

轉譯自Kabir Chowdhury英譯本

17. 我要去
I want to go

我要去
通往海那邊的路，
我要去
森林山坡花樹葉。
我要去
眼睛夢嘴唇乳尖。
我要去
被血肉包圍的
股間洞窖。
我要去樹蔭下，
明亮心靈裡，
我要去
綿長祈禱的
意志和欲望身體內，
我要去星群
無聲無味，
我要去不再有
任何美或味覺觸覺處，

　　我要去龐大空無
　　跨越全部天地
　　至不具形體
　　強烈多彩交響，
　　我要去
　　獨處的深黑漆暗中
　　到遼闊蔓延的大自然
　　關閉的門扉。
　　我要去
　　通往花樹葉的路，
　　至力竭消魂
　　棲息在古代鳥的
　　眼中。

転譯自*Kabir Chowdhury*英譯本

18. 夜
Night

她徹夜深深
走進我心裡，
且說，我需要黑暗
躲避光亮
我困惑，問為什麼？
她微笑遙望天空
低語，在黑暗中萬物
赤裸裸
又深又遠使我敢
繼續走進你的血與靈
我轉移視線，發現
整個天空變黑且空無。
她又微笑著說
讓我們走進夜裡就你和我。

轉譯自Kabir Chowdhury英譯本

19. 風
Wind

風吹不停
在海上在森林內
河水漣漪鄰鄰
掠過田裡食用植物
在野外
山邊住家周圍。
風吹
在我們知識概念裡
智慧與智識
於我們眼裡暗中。
慾望奔發
於女人臀部
在其乳尖
帶有我們情慾的
色情呻吟。
風孤單淒涼
有一種孤獨感
孤獨與風

同呼吸共存。
風吹不停。

轉譯自Kabir Chowdhury英譯本

哈雅特・薩伊夫
Hayat Saif

　　屬於六〇年代的孟加拉主要詩人之一。1942年
生，自六〇年代初即擔任公務員，1999年退休後，從
事私人企業，獻身於世界童軍志工，並戮力文學和藝
術創作。在孟加拉出版12本詩集、2本論文集，在各種
期刊發表大量詩文。詩被譯成英文和西班牙文。在知
性和抒情表現上，以及尖銳批判才華方面，受到普遍
肯定為高度現代主義詩人。

20. 另一軌道
Another Circle

掠過人生水平線
我航向另一軌道
無止境衝動的地方
愛情在拖磨的手腕四周
留下深受喜愛的芬芳
在箱櫃和我口袋內
有一張郵票
未寫地址的信封
生命喘不過氣的旅程
終站在何處？

正前方公車站牌在招手，
在小販和掮客周圍鑽動的群眾
流行平安符的亮麗商品
這就是終站，
燈光通明的大賣場？

乞丐在人行道祈求上帝恩賜
祂在天堂尖塔上
很少動盪的安靜中睡著了嗎？
那麼，讓我們到別地方去
狂歡跳舞酩酊大醉，
像大風箏俯衝旋尾掉落？
安安靜靜放牧人生水平線
有時，不妨吹奏一下小喇叭。

21. 纏繞
Entwined

生命像蔓藤纏繞在
籬笆上，圍繞樹
在遺棄建築物的硬磚上。
這生命緩緩運動
朝天一路無所不纏繞。

從大空虛
從黑暗洞窟
從原子結
從胚胎、悲傷和柔弱
從沖積地——
生命往上衝，
快速向空中發展，
從埋在濕土裡的種籽，
向上發出亮光
飽足動力，暖如火焰。

生命有時像蔓藤
朝天運動，泰然自若
有時捲附於籬笆
於建築物磚塊隙縫，
有時纏繞
往上運動
最後生命在大力拉扯下
又再度掉落土裡
水裡和平原大地上。

22. 一切創作內在
Inside All Creation

於我起初誕生內在，
死亡存焉。
在我遠距離睡著
我純真的親近。
在我復活的欲望裡
我繼續擁抱死亡
我尋求報仇的再生細胞
敗壞於新日子到來。
有時我懷疑這一位
和祂顛倒一貫性的方式
在我竭盡開放結束後。
這可是全然真實
因我們當中，無人負責
我們目前冷冷漠漠
栖栖皇皇的誕生。
於此激動恐怖虛無內在
拘限我們的存在場所。
我們無法知悉其本質

卻計劃、夢想、過我們的生活。
每天完成無數的死亡。
從我孩子的貼身死亡
在我脫胎母親子宮時死亡。
當我從愛人擁抱分開時死亡。

我膽怯的世界以夢和死亡圍繞我
似乎這些就是掌握創作和誕生，無休無止。

23. 光與影
Light and Shade

當黑幕降下
夜深，妳遠去
我再也看不到妳
這時距離消失
所有物體失去實相
混合成一體
我的思想擁抱所有
遠遠近近

似乎無論妳到哪裡
我都可觸及妳身體、那體香
感到脈動的生命，
在黑暗中沉默合一裡
我的陶醉花朵像夢幻欲望
的閃爍火焰
似乎在黑暗中什麼都沒消失
他們把自己融混進去
似黎明第一道曙光

哈雅特·薩伊夫　061

妳的唇、妳的眼、妳的聲音
會找到他們的目標──
另一種聲音、另一種感性──
另一顆心的跳動。
而白天的第一道亮光
把妳從我身邊帶走
我就再也碰觸不到妳。

我再也無法留在妳視線內
因為光界定了所有物體──
只留下一些新鮮孤獨、一些痛苦
和一些錯亂

24. 人與地
Man and Earth

周圍可見證
許多高層饒舌不休的驢子——
偶而可聽聽，始終言不及義——
這些吵吵鬧鬧的人類活在當下。
然而在這小行星的沾血中心
存在多麼嚇人的
關係繁複性，
被泥濘沙石寄生蟲沾汙和刺傷，
根、樹枝、昆蟲和人類，
被原爆擊中，變成
一堆血肉爛泥。
四面八方散布社會矛盾。
中心崩潰，明顯
缺乏凝聚性，
在緊抓不放相互敵意下
人類無能為力。
在沼澤、荊棘、荒廢田地
好像從大垃圾箱爬出來

集合全世界毒害廢棄物——

以虛偽俯首取悅

領主的那些人

他們利用親朋好友

達成富裕

上帝的騙徒，墳墓覆蓋著

亮麗紅布

在流行或熱浪烤焦之際

揮舞著綠旗。

然而人始終還是需要信仰

不像鳥獸。

所以希望有一天信仰和現實

看得見和看不見的昆蟲和蠕蟲

泥巴和沙石

都會在人與地之間

共同交融成最終理解

而從染血的紅土

在蒼穹之下

會露出巨大苞蕾
炫目的白水蓮。

　　　　　　　　　　轉譯自英譯本

沙赫伊迪·夸德立
Shaheed Quaderi

　　1942年生。為上世紀五〇年代重要詩人。出版詩集有《Uttaradhika》、《Tomake Avibadon》、《Priyotoma》、《Kothao Kono Krandan Nai》。榮獲孟加拉學術院獎（1978年）。

25. 洪水
The Deluge

突然恐慌來襲。
晚霞中群眾懶懶散散漫步回家。

驟雨四面八方奔騰而來
像是一種受到驚嚇的紅蟑螂。
彷彿有人，敲擊城市熟悉的鐘，
以冷冷鋼鐵般嚴肅聲音宣告：
發生疫情了，
城市即將被毀滅。
然後在閃光時的閃電飛矛
刺穿天空腹部，
肥肥圓圓像鯨魚。
雨，雨隨著雷聲和冰雹：
震耳欲聾，鋸木場不停的輪子
轟隆響，與百萬瘋狂轉動的車床
穿腸破肚尖叫聲呼應。

沙赫伊迪 · 夸德立　　067

傍晚時怒氣沖沖的閃電
以及雲，風雨交加，
狂風咆哮色彩繽紛像孔雀；
整個房屋抓狂亂序無助：
門窗都準備飛走
張開翅膀，
這種老舊建築物震動活像
上古時代動物。

暴雨傾盆灌注到群眾身上，
城市膝蓋上，搖晃的
金光閃閃的華麗大街上。
在這晚間，暴風雨的晚間
（風像伊斯拉費爾天使長[8]）
雨橫斜掃落在汽車引擎蓋上

---

[8] 伊斯拉費爾（Israfil），伊斯蘭教中，在審判日吹號角的天使長，宣告
世界末日。

乘客坐在車內靜悄悄
因憂慮懼怕垂首不敢抬頭。

突然間，他抬起頭來
看到
雨
不斷
傾注傾注傾注
兇狠狂暴
無情
有意或無意
他聽到內心痛苦呼喊，
聽到對狂雨的乾澀讚頌。

今夜流氓和游民在城市道路上
是無拘無束的君王。
在濕漉漉雨中只有無根的難民頑童，
永遠的乞丐、小偷，

沙赫伊迪·夸德立　069

以及半精神錯亂的被統治者。
稽徵稅務員，始終精於算計
把錢納入私囊。
已經恐懼全然無助逃之夭夭。

參加唱詩班快樂歌唱，
歡聲的陰暗禮堂和牆壁上
酒醉的海報
和扭曲的電線桿
在頂端搖搖欲墜的破舊招牌
被狂風捲起掛在那裡。
城市裡無數窗玻璃
在強風拍擊下
繼續憤怒辟啪響，
守衛和警察還有稽徵稅務員
全體驚慌逃跑。

聰明人和富翁都帶著奉承的馬屁精
跑掉了，完全消失無蹤。
滂沱雨水已經沖走，
流失
道路的一切樣貌。
他們只帶著少許感傷溫柔回憶的行李
如今高高興興衝向滾滾排水溝
好像市政委員會在遊行。

在水裡載浮載沉
的空香菸罐
玻璃破片
像小鈴鐺在唱歌
晚報和五色七彩氣球，
細絲巾、斷電線、信封、藍信紙，
黃色洗衣收據、醫師處方箋，
白色藥盒，
時尚襯衫掉落的鈕扣，

沙赫伊迪·夸德立　　071

雜七雜八的文創紀念品
還有色彩繽紛美味日常食物。

如今在黑暗城市裡
我是君王
在雨和閃電中，
打赤腳，穿著破褲子
孤孤單單，
像一艘亮麗的新船，
只有我，
襯衫在強風中飄動如帆。
我孤獨且傷痕斑斑血肉之軀
暴怒咆哮挪亞方舟燃燒的赤魂，
可是人獸都沒有動作，
雖然在沛然暴雨中
聽到有呼吸聲
和風中哭聲。
是什麼急切期望

加強我該單獨航向
哪個城市，
沿著滾滾洶湧的汪洋？

轉譯自Kabir Chowdhury英譯本

26. 向親愛的妳致敬
I Salute You Darling

不用怕，親愛的
我會一切安排妥當。
軍隊會帶著玫瑰花束
揹在肩膀上，
行軍通過
只向親愛的妳致敬。

不用怕，
我會安排裝甲車轔轔通過
沼澤、鐵絲網和拒馬，
戰爭疤痕還寫在上面，
讓他們駕駛到妳家門口
只有妳家門口，親愛的，
車上堆著小提琴。

不用怕，
我會一切安排
妥當。B52和米格21

會在頭頂上轟隆轟隆投下
是的，親愛的
投下糖果、巧克力、太妃糖，
像傘兵跳傘到妳院子裡。

不用怕，
根本不用怕。
我會安排詩人來指揮海軍艦隊
在海灣和即將到來的大選中，
一位情人，追逐戰鷹，
會贏得全部選票。
衝突可能性，放心好了
總會告一段落
而
我會安排歌星充當
反對黨領袖，
沿邊境的戰壕
會由紅、藍、金色魚守衛

沙赫伊迪·夸德立

其他萬事都嚴格禁止
愛情走私
除外。

不用怕,
我會檢查這項通貨膨脹。
貨幣會強有力
好詩也會天天增加
我會如此安排使
群眾騷動改為
群眾親吻使殺手無力
使他們放下屠刀,親愛的。

不用怕,親愛的,
我會一切安排妥當。
自由鬥士會湧入城市。
就像春天突襲

寒冬公園，
演奏手風琴。

不用怕，親愛的，
我會一切安排妥當使
妳可在國家銀行，兌現至少
一百萬孟加拉幣買玫瑰或菊花
和四件套頭羊毛衣換一朵紫丁香。
不用怕，不用怕，
我會安排海軍、陸軍和空軍
站在親愛的妳週圍，
要他們舉槍致敬
舉槍致敬。

轉譯自M. Hanunur Rashid英譯本

希基德‧埃米努‧胡桂
Sikder Aminul Huque

　　1942年生，2003年逝。詩人、報人、少年文學
作家。出版詩集有《Durer Karnish》、《Tin Panprir
Phool》等。榮獲孟加拉學術院獎。

27. 感謝
Gratitude

別拒我遠遠，雨呀──
　　　　雖然太陽躲開了。
花在草地上笑──覆蓋稀疏草坪，
　　你的確也感到困倦啦！
我望著旁邊的自助餐廳只看到
少女胸部的彩繪圖案，

我知道那些不是我的作品──
我無畏無懼的手握在
　　　　　　　德蕾莎修女的手中。

願保持這樣！

轉譯自Alfaz Tarafder英譯本

28. 水印
Mark of Water

有一段時間
曾經答應你絕對會恨。
如今有服務生和女傭為人人做事，
這就是變化。
太陽似乎也沒有
比大隻昆蟲大。
我們來時通過噴泉，
從樹叢後面離開，
也穿越灌木小丘地⋯⋯
現在我們前面有人。

我知道
幾千種鳥的名字
　　　　　　是你所不知。
牠們朝高樓大廈飛去，
牠們嘲諷和詛咒
持續在海的磷光中淡出。
我的航海因此才有可能。

死前我會奔向大海。
明媚陽光照在藍色鉛板上
看似平凡的女性。
經由戲謔的風
顯示淚水斑斑
在某人手上留下水印。
回到大都會
某人就可把手
當做情人手帕向朋友展示。

只有這樣才能抑制殘酷，
而不是靠牆壁。
水印只
活在被人發現，
始終在我五指間
誕生愛情。

轉譯自Kabir Chowdhury英譯本

希基德·埃米努·胡桂　081

阿爾‧穆佳德迪
Al Mujadeedy

　　1943年生。詩人兼編輯。重要詩集有、《Hemlocker Peyala》、《Drupabat O Terakata》、《Duth Parabat》等。榮獲Ekushey Padak獎。

29. 側影
Silhouette

我已經找到永恆——
誰會溫馨接受此罕見船？
誰留在我身邊——照顧我。
聆聽船螺聲一再回響。

在草原冷酷碧綠蔭影下
我徘徊——碰觸妳身體，
我看到反射而在
側影裡我聽到性急的奏鳴曲。

在妳心廟女修士呀，以和聲唱情色歌曲吧。

30. 裂開的月亮
The Cleft Moon

今夜把我劈裂
像一片月亮
明晚，在妳孤獨裡緊抱我：
像未裂開的月亮。
無論妳的親近願提供什麼，那就——
給我吧……
無論我的親近使妳要什麼，那就——
全拿吧……
來，讓我們今夜滿足這世界
盈滿我們的表現、我們的慾望。

不分開……

不裂開……

來，讓我們蒙住世界的眼睛。
讓世界變成無話數落
我們的裸體。

31. 在妳的世界裡
In Your World

我
出生
可能像
很普通的
人
在很普通的家庭裡。
然後
我長大
經歷大地新鮮草根、樹皮
在星光大道下。然後
經歷過所有閣樓
我毅然進入神祕荒野
回
來
落入
妳的世界裡
我的愛。

32. 說，別離開我
Say, Leave Me Not

妳已來告別，我的愛。
別說再見。
但
說：「別說我要走啦」。
我要去哪裡
妳又怎能讓我走
就像這樣？
如今我該去哪裡
離開妳眼前，妳的身軀大道
妳心靈的指南針？
我沒有其他神殿可去。

33. 這地球不是希納爾圓頂
This Earth Is Not Shinar's Dome

我們只有一個地球
我們記憶的住所
從來不是希納爾圓頂。
我們只有一個藍天
和小小的陰暗路。
我們只有一個月夜
和一個星雲叢林。
我們只有一個世紀
和一個日晷儀。
我們永遠不能離開
我們親近的限度。

譯自英譯本

亞薩德・喬德福理
Asad Chowdhury

　　1943年2月11日生。詩人、作家、翻譯家、修行者。擔任過達卡孟加拉學術院主任，退休後出任德國廣播電台孟加拉服務處編輯。在孟加拉解放戰爭期間，是自由孟加拉電台（Swadhin Bangla Betar Kendra）撰稿人和播音員。出版詩集有《Tabak Deya Pan》、《Bitto Nai Besat Nai》、《Joler Madhye Lekhajokha》、《Je Pare Paruk》、《Modhya Math Theke》、《Nadio Bibastro Hoi》、《Batash Jemon Parchito》、《Brishtir Sansare Ami Keo Noi》等。榮獲孟加拉學術院獎和Ekushey Padak獎。

34. 每逢我説話時
Whenever I Talk

每逢我説話時，你汙衊為吵鬧
可別忘了你自己很過份。

每逢我説話時，你汙衊為反抗。
但你敢否認你也涉入的
不義和欺壓嗎？
獨眼怪物像是殘酷腐敗又貪婪
加重你的惡行。

我談到夢
我談到美
我談到未來比夢更美。
否則如何快速引來黃金歲月？
有什麼不可思議的幻想可幫助我們組織？

我們受苦的人重估機敏狐狼和幽靈的故事。
我説人的故事，只説人。
我只是繼續播種反抗的種籽

亞薩德·喬德福理　089

在你最最肥沃的土壤，
真正的工人躲在你裡面，
或許你就是那一位
我們盼望了很久。

轉譯自Saidur Rahman英譯本

35. 泰姬陵正泡在雨中
The Taj Getting sock in Rain

泰姬陵正泡在雨中
我沒帶雨傘
如今我只能在
大門旁邊望著泰姬陵
至少我回家時
總要對我家人說一些觀感
電話不通了
旅館大廳擁擠。
餐桌客人滿座
其他劇團的朋友已在這裡
泰姬陵正單獨泡在雨中
倒霉的是我
來自馬爾地夫的兩位詩人
招呼我過去替我拍照
照片可以說明一切嗎
照片可以唱出
我心事嗎
正如他們正在唱的。

轉譯自Syed Manjoorul Islam 英譯本

亞薩德·喬德福理　　091

36. 有些話還在猶豫
Some Words Still Linger On

有一些話還在你的唇間猶豫。

已經咒罵和指名到極限
於補救因自私諂媚後
仍然堅持想法──有些事不止
唯唯諾諾，還有些事想說

冗長的散漫演講結束，你
　　　　　　望著呵欠連連的聽眾
昏昏欲睡的臉，
仍然忍住──什麼都沒真正說出口。

書寫的字行保留一些字。
顏色很快扣了一些，
旋律也如此；
然後有些掉落
因你的吻
　　　　　　和你的打擊。

當全部結束時，仍然在
你的唇間有一些話還在猶豫。

轉譯自Mohamed Mijarul Quayes 英譯本

37. 植物
Plants

綠色火焰蔓延

因收成重量
處女子宮低垂
要忍耐、忍耐、忍耐。
高飛雲雀會俯衝
以溫煦陽光
烘烤羽毛；
深紅鳥喙銜著陽光
向下俯衝。

綠色火焰
在去除土壤
希望陽光來親吻。

轉譯自Mohammad Nurul Huda 英譯本

38. 觀察
Observation

熾熱太陽
厭倦了央求蠟燭同情
剛剛已下沉了。

河川，從前廣袤水域，
清除一切流失尊嚴
如今渴望灌水。

自由天空、自由空氣
自由經濟、自由胸膛
全部落在肩膀上。

連玫瑰的王者之身
都要借助綢緞服飾光澤呢。

新鮮熱烈的青春
在同性戀者眼光投注下
毅然快步走開。

轉譯自Suresh Ranjan Basak 英譯本

亞薩德·喬德福理　095

拉費克・阿札德
Rafiq Azad

　　1943年生，孟加拉文學的重要詩人，出版25部詩集，包含詩集成。身為1971年的自由鬥士，他的詩反映戰爭的經驗。詩集有《Asombhaber Payae》、《Chunia Amar Arcadi》、《Semabadha Jalae》、《Shimito Shobuja》、《Haturier Nichae Jibon》、《Pagolar Thekay Pramikar Chiti》、《Apar Aranny》、《Moulobir Mon Bhalo Nay》。榮獲孟加拉學術院獎（1984）。

39. 給我食物，你這傢伙
Give me Food, Bastard

我餓昏了；

　　　　在我腹底，

　　　　我全身和一呼一吸之間

無時無刻，感覺到

　　　　吞噬一切的飢餓痛苦難耐

像夏天玉米田苦旱乾涸

我的身體受到飢餓之火炙燒。

一天有兩頓正餐我就滿足了。

我絕對沒有其他要求。

許多人需索無度。

人人要房子、汽車、金錢；

有些人渴求名聲。

但我要的不多。

我只要求一點點。我要食物。

我感到心窩裡火燒。

我所要的是樸素簡單：

我要飯。不管冷飯熱飯，
不論精米或雜糧粗糙
　　　　像配給商店發放的救濟米。

我才不管這些，只要
　　　　我盤裡米滿。
要是我一天有兩頓正餐，
　　　　我告訴你，
　　　　我願放棄其他一切要求。
我沒有過分要求，
我甚至沒有性慾望。
我不需要紗麗
　　　　妝扮我的窈窕身材
　　　　展露肚臍。
更不想擁有那紗麗。
誰要，就拿去。
任你喜歡給誰，就給誰。
我告訴你，我不需要任何那種東西。

可是如果你不能滿足我的需要，
在你的王國裡事情會很糟糕。
飢餓的人不知道
　　　　什麼是對錯，
　　　　什麼是善惡，
不知道法律、規章或條例。
我會毫不猶豫吞噬
　　　　擺在我面前的一切。
我告訴你，什麼都不剩下。
一切都忙亂丟進嘴裡。
萬一讓我發現你在面前
在我大飢餓者看來你確定
　　　　會變成一口美味。
原本單純渴求食物
　　　　若任其發展籠罩萬事
確定會帶來災難結果。
吞噬一切
　　　　從看得見的到想像的

我終究會逐一吃光
草叢樹林、湖泊河流、鄉村城市，
人行道、排水溝排放水，
街道上漫步人潮，
女人所有下部和臀部，
糧食部長和他旗幟飄揚的轎車──
沒有，今天絕對沒有
我無法接受的東西。
給我食物，你這傢伙，
　　　　　不然我就連地圖都吃光。

転譯自*Kabir Chowdhury*英譯本

40. 那些武裝帥哥
Those Armed Handsome Men

有一天全部會開始發臭，
肉、魚、水果、甜點，全部，
這些同志文明紳士
保存在冰箱內的東西。

有一天他們會來，
他們一定會，
我已經可以聽見他們，
紳士們要小心啦，
我已經等候他們很久了。

他們會赤足而來
然後你們無鬚的呆滯面孔
因自私文明的浮華而容光煥發
會變成蒼白憔悴
神聖仇恨會剝掉你們光彩皮膚；
不共戴天的敵人，那些武裝帥哥
會怒砸你們粉飾的臉。

拉費克·阿札德　101

你們丟人現眼的矮胖身體
會被踩在腳底下。
散發青春光彩，那些臉
廣闊胸膛和強壯大腿
會跳起死神之舞而滅亡，
把你們虛偽的生命削成垃圾。
你們老練的顫聲
會被神聖野性的呼喚壓制。

你們那些奶油味的眾女人
會被壓在毛茸茸胸部下姦汙。
啊，你們這些軟弱、肌瘦、失志
又愚笨的紳士們，
給我仔細聽著，
從冠冕到廚具
一切財物
會落在他們控制下。
他們會來，

一定會，
我已經可以聽見他們，
紳士們要小心啦，
我已經等候他們很久了。
文明的子宮
亟盼原始太陽推力，
各種不同的種籽會喚醒奇蹟。

那些武裝帥哥
會使你們沒落。

轉譯自M. Harunur Rashid 英譯本

拉費克·阿札德　　103

馬哈德甫‧薩哈
Mahadev Saha

　　1944年8月5日生，孟加拉著名詩人之一，也是夙著盛譽的報人。出版過50多本詩集，包括《Ei Griha Ei Sanya》、《Chai Bish Amrita》、《Ki Sundor Andha》、《Dhulo Matir Manush》等。榮獲孟加拉學術院獎（1983年）、Ekushey Padak獎（2001年）等。參加過亞非作家會議，以及在德里、柏林、倫敦和巴黎的作家會議。

41. 國有化
Nationalization

我要為兒童把全部玫瑰國有化，
否則他們連一朵花都得不到
我同樣要為農民把土地國有化
否則他們也和兒童一樣
　　　　　　　無法保證糧食。

就像銀行、保險公司、紡織廠
我要把全部嬰兒食品國有化。
我要把月光和幸福國有化，
因為，和悲傷一樣，幸福
不能由個人獨自專權。

我相信平等必然勝利，
我要把光國有化以對抗黑暗，
否則，光會淪落淒涼的貧民窟。

只有透過國有化才能
保證有食物和花。

轉譯自M. Harunur Rashid英譯本

馬哈德甫·薩哈　　105

42. 生命
Life

我丟了東西
可以通知誰？
我可以對誰費一分鐘
說：諸君呀，我很煩。
看完夜場電影回到室內
到處再也找不到我的地圖。
好心的君子們，你們誰
能告訴我地圖的下落？

世界像慢車可怕的忙亂乘客：
每站上車下車，
還要眼尖盯住隨身行李。

在此世界裡沒有一個人
你可以停下來和他聊片刻。
全世界似乎都在腳踏車上衝撞。

無人可得片刻閒暇
日夜忙著買賣，
演講和發表聲明，
不休不止談論政治狀態。
這世界上誰能找到我的地圖
還給我？

我心上貼著遺失啟事
獨自在街上晃蕩。

轉譯自Kabir Chowdhury 英譯本

拉比烏爾 · 胡塞尹殷
Rabiul Husain

　　1944年1月31日生，孟加拉著名詩人之一，也是夙著盛譽的建築師，並且經常發表藝評文章。身為行動派詩人，積極參與孟加拉詩運動。出版詩集《Sundari Fona》、《Kothay Amar Navojan》、《Endradhonite Beje Othe》等。榮獲孟加拉學術院獎（2009年）等。

43. 強暴與紀念
Rape and Remembrance

爐石在戒指裡，
棉布紐扣在銀色襯衣裡，
水甕裝滿液態玻璃，
墳墓是在身體不動後才誕生
滑入深深深深的土裡。

那裡唯有男子
像河流那樣又悲又聾。

雲的抽象畫在天空裡，
群樹和小鹿無助
在瀑布裡。
百慕達草的沾露頭巾
點亮夜燈。
清早，
魚族群
優游深池裡，

　　嚴肅無言的大自然
　　站在室外，獨立。

　　男子傲慢精液和溫柔
　　在山頂上，
　　額頭碰到雪白毯，
　　上面，佈下一網空氣
　　或是沿人生道路的階梯
　　到達空無。

　　世界保存萬物記錄在──
　　建築、書本、化石
　　總是不保存任何
　　強暴與紀念的記號
　　在女人活體和河流裡。

44. 哀哉！戰爭！
Oh! The War!

A.

瑞士學者巴別爾[9]報導——
過去5,959年有14,513次戰爭
共有36億4千萬人死亡
第一次世界大戰死1千萬人
第二次世界大戰死5048萬人

俄羅斯有4,700枚原子彈
美國4,500，法國300，中國260，英國215
巴基斯坦120，印度110，以色列60
北韓10，總共10,275枚炸彈
存在於全世界
足以毀滅世界33次

---

[9]　根據巴別爾（Jean Jacques Babel）計算，人類有記載的歷史5,500
　　年，世界和平日子不超過292個年頭。

1945年8月6日美國在廣島
投下代號小男孩的原子彈
有17萬人死亡
1945年8月9日在長崎
投下代號胖子的另一枚原子彈
有12.9萬人死亡

若未來有第三次世界大戰
必須使用馬、大象
劍、矛、槍、刀
盾等，加上箭和弓

所以若戰爭無法避免
只能使用上述武器
如今有賴聯合國決定
目前這是唯一途徑
能救世界

B.

1971年從3月25日到12月16日

總共267天

根據真理報，巴基斯坦軍隊

在解放戰爭中殺死3百萬孟加拉人

這是一場對無武裝人民的戰爭

對方是巴基斯坦軍隊兇手和強暴犯

由3百萬除以267天

每天殺死11,236人

哀哉！戰爭！

45. 而地球佔有50個月亮空間
And the Earth Occupies 50 Moon-spaces

地球到太陽的距離——
9,322萬5,605.97英里
而地球佔有50個月亮空間
太陽共含6,500萬個月亮
等於130萬個地球空間
大犬座超巨星容納
92億6,100萬顆太陽！

地球存活在宇宙的銀河部分
在英仙座側較接近仙女座
地球週邊——25,000平方英里
地球表面積——
1億9,700萬平方英里
其中陸地——5,250萬
而其餘1億4,450萬是水加水

追查此含義得知孟加拉有
1300條暢通河流總長

1億3,770英里而森林佔有
9,633平方英里陸地面積

太陽表面溫度──
華氏9,941度＝攝氏4,690度

創世大爆炸發生在150億年前
從此宇宙繼續不斷向四面八方膨脹
我們不知道何時才會停止
但有一天會開始逆向收縮
又來到和以前一樣遞減點
假設地球和活生生蓋亞[10]迄今
連同那些已死的1,100億人
誰知可能會在時間過程中又復活
或許這些神祕只能靠必然的權力解決

---

[10] 蓋亞（Gaia），指地球整個表面，包括所有生命構成一個自我調節的
有機體。

為擺脫懷疑論的不可能實現性
超越人類知識和想像或是
預料又暗又深不可測的難耐
看破苦悶、苦難和苦惱
人總要消除緊張把所有
莫名其妙的痛苦以誠信和自動意識
轉移到超強大國的肩膀上

因此逃避主義這種人終於成功
為自己利益創造了造物主
在心裡獲得寧靜

46. 今天報上
In Today's Newspaper

經過了很久以後突然
我在今天報上看到她的模糊照片
在孟加拉婦女理事會遊行中
真奇怪有一天如何、
為何而且因何我變得
如此好奇為她瘋狂？
黃金往日不會親手給我電話
此刻一如往常的今天
在生命的奇異機制當中
不記得她，不，一點點記憶都沒有
要是偶然在什麼地方遇見了
我們只淡淡說「哈囉」或「妳好」
感覺不出彼此的熱情
但曾經有一段時間當
我們似乎無法天天見面
靠坐在一起
相互接觸
我們兩人夜裡都無法安眠

曾經我們兩人
那麼熱烈需要對方
到今天，隨著時間變化
我們永遠失去了
對方如此友善毫無怨言。

47. 詩人
The Poet

　　詩是活在天空
　　綠地或藍海嗎

　　詩很久以前就
　　離開人類住所
　　在這汙染的環境
　　可能永遠不再遇到

　　詩是痛苦和孤獨的象徵
　　詩人是不幸的心理記者
　　詩在無助中誕生
　　快樂滿足的人
　　永遠不會成為詩人
　　容易回心轉意
　　不精細表達
　　詩喜歡像鴿子飛翔
　　在自己的天空裡

只有詩人才寫詩
這不確然
任何人都可以成為詩人
只是不盡相同

許多人已經寫過許多詩
到底有多少詩
由此
誕生過多少詩人

即使沒有寫過詩
也可為詩人──真的
任何方式都可成為詩人
也絲毫未必如此

可是很難很難
成為真正的詩人
有些人天生

有些人永遠成不了
儘管千倍努力
此適用所有藝術
那是未知的謎
永遠無解的問題

已經寫詩
好長一段時間了
然而迄今自己
尚未能確立為詩人
何時我能達成
連神也不知道

譯自作者英譯本

拉比烏爾·胡塞尹殷　　121

尼爾瑪廉督・郭翁
Nirmalendu Goon

1945年生，孟加拉最受歡迎詩人之一。第一本詩集出版於1970年，迄今已出版45本詩集，和20本散文集。愛自由和忠實於人文精神，深透入其多數詩作裡。代表詩集有《Premangsur Rakta Chai》、《Na Premik Na Biplobi》、《Banglar Mati Banglar Jal》、《Prithibi Jora Gaan》。榮獲孟加拉學術院獎（1982年）、Ekushey Padak獎（2001年）等。

48. 垂死冠冕
The Dying Crown

地球滿是該死的頭骨嗎？
可能是有限的人類知識冠冕
也在我頭上閃閃發亮吧！

我需要光的無條件自由
那是白草每天所渴望。
當文明以萬眾之手
對本身存在的反常熱情
停止天然的生產，
我放棄對人們庸俗的憐憫。
用琴弓更激烈的弦音
撕裂無法改變的未耕地；
我的時間，永恆的時間，流逝，
就在我以萬眾眼睛陶醉在
目擊超產的農作物之時。

人對人所犯罪行
使我震驚到顫抖痙攣；

我從憤怒的頭上撕下自私的
垂死冠冕。
天然大地上鋪蓋著花卉
樹葉、土壤和水,
我經過辛苦所得智慧
餵養新生嬰兒。
看吧,共產主義的孩子來臨!
他會鋪蓋世界,解放國家!

我,身為累積財富的文明父親,
在此鞠躬,乞求他寬恕,
僅僅要求他寬恕。

轉譯自Khondakar Ashraf Hossain英譯本

49. 火器
Firearm

有一大堆群眾圍在警察局。
城市裡來路可疑的士兵拿走了全部火器。
驚恐的市民，按照軍方命令，
把散彈獵槍、來福槍、手槍、彈匣
像還願的祭品寄存
在神廟內。聖徒的手
像花安放在供桌上。

只有我不遵從軍方命令，
轉向溫和反抗。我公然回到
我屋內，隨身帶著
可怕的火器，和心一樣。
我不投降。

轉譯自Kabir Chowdhury 英譯本

尼爾瑪廉督 · 郭翁　　125

50. 也許我不是人
Maybe I'm No Human

也許我不是人，人類不一樣；
他們能走、能坐、在屋子間走來走去
他們不一樣；他們怕死、怕蛇。
也許我不是人。我對蛇為何不心生恐懼？
我怎麼能夠整天孤單直立像一棵樹？
我怎麼能夠不唱歌瞪眼看電影？
我怎麼能夠不喝酒加冰塊？
我怎麼能夠過夜不闔眼？
誠然，我感到奇怪，一想到
我的生活方式從早到晚，
從晚到夜。
我生活時，
感到奇怪。
我寫作時，
感到奇怪。
我繪畫時，
感到奇怪。

也許我不是人；
如果我是人，
我要有自己的一雙鞋，
我要有自己的房屋，
我要有自己的房間，
我要夜裡擁抱太太溫暖。
在我肚子上讓我的孩子玩耍，
讓我的孩子塗畫。

也許我不是人；
如果我是人，
看到天空像我的心空空
為什麼會笑？

也許我不是人
人類不一樣；
他們有手、有鼻，
他們有眼睛像你

尼爾瑪廉督·郭翁　　127

可以折射現實
以三稜鏡折射光的方式。

如果我是人，
我大腿會有愛情傷痕，
我眼睛會有憤怒跡象，
我會有母親，
我會有父親，
我會有姊妹，
我會有愛我的妻子，
我會有車禍或猝死的恐懼。

也許我不是人；人類不一樣，
我無法寫詩給妳，
我沒有妳無法過夜。
人類不一樣；他們怕死，
他們怕蛇，
他們看到蛇就逃跑；

我不逃跑，誤認蛇做朋友
接近牠們、擁抱牠們。

轉譯自 S M Maniruzzaman 英譯本

尼爾瑪廉督 · 郭翁　　129

51. 什麼原罪會救贖我
What Sin Would Redeem Me

我還沒有嚐過
禁樹的果實，
我一直在等待又等待。
像海在等待河流，
河流等待潮湧，
在遙遠的希望中
感情會從
岩盤內劈開
使我心熱如火燒。

我從未進過妓院，
也未嘗沉迷禁忌的逸樂，
我一直在等待又等待──
我喜歡醞釀和慢燉的變革
耐心等待高潮時刻，
或者像少女酥胸起伏
等待初戀。

我從未睡過任何歡場女郎
希望中
愛情，像海怪
在激烈交配對抗中翻江倒海，
教導我藝術。

告訴我，明智的心靈呀，請教
什麼原罪會救贖我。

轉譯自 M. Harunur Rashid 英譯本

尼爾瑪廉督・郭翁　　131

52. 因為要寫詩
Because a Poem will be Written

因為要寫詩，情緒激昂
缺乏興奮焦慮渴望的叛逆觀眾
在公園的海灘等待到天亮變成人海──
「詩人何時會到？」「詩人何時會到？」

這兒童公園那時還沒有，
這花樹絢麗的公園那時還沒有，
這沉悶無精打采的下午那時還沒有！
那麼下午是怎麼樣呢？
那麼，兒童公園、長椅花樹公園，是怎麼樣
擠滿了，這場地，達卡的心臟？
我知道，有黑手舉起來抹消當天的記憶！
所以我今天在此詩人不太孤寂的平地看到
詩人對抗詩人，
場地對抗場地，
下午對抗下午，
公園對抗公園，
三月對抗三月……！

未出生的孩子呀！未來的詩人呀！
在兒童公園的彩色搖籃上擺蕩時
你會知道有一天萬事——我會
給你留下偉大下午的故事！
既非公園，也不是花園——那裡什麼都沒有，
只是像今天的天空靜靜接觸水平面
有廣闊的荒草場地，翠綠和微綠
我們滿懷自由心的翠綠與
此廣闊場地的翠綠交融！

他們頭上和手腕纏著紅帶，衝進場地，
來自工廠的鐵漢工人，
赤膊農民結伴而來，扛著犁軛，
火熱青年前來搶奪警察武器，
中產階級來了，拳握死神、目中夢想，
低下階層，可悲職員、女人、老年人、妓女、
　　失業遊民
孩童，像你這樣的、撿落葉的孩童，成群結隊！

尼爾瑪廉督 ·郭翁　　133

會有詩朗誦，群眾為此焦急等待！
「詩人何時會到？」「詩人何時會到？」

經歷幾百年的幾百場抗爭後，以泰戈爾般堂堂步伐
詩人終於站到人民講壇上！
燈光閃爍，洪水奔流氾濫舟楫，
在心中激蕩，
人海潮湧，門戶全開──
誰能阻擋這場火熱的演講？
震動了群眾火焰的講壇，詩人朗誦他的不朽詩篇：
「此時此刻的鬥爭是為自由，
　　　此時此刻的鬥爭是為獨立！」

從此，「獨立」就是我們的話！

轉譯自 Dr. Masum Z. Hasan 英譯本

阿布爾・哈桑
Abul Hasan

　　1947年生，1975年逝。 詩人兼報人。出版詩集
有《Raja Jai Raja Ase》、《Je Tumi Horon Koro》、
《Prithaka Palanka》等。榮獲孟加拉學術院獎。

53. 本土語言
Native Language

我好奇本土語言怎麼說悲傷，
愛情，
疼痛，
水。

我不知道本土語言怎麼說
河流，
裸體。
深葉綠要用什麼語言講？

只是，每當站在我家門口，
我仍然聽見最後文明人的腳步聲，
某處有水開始滾動
幽幽水聲淋溼
我整個生命
而我的身體開始變翠綠。

我一身綠，每當站在我家門口
我聽到籠中鳥啁啁啾啾
還有孩童快樂喧嘩，
我聽到淫蕩笑聲
伴著金手鐲。

而在那門禁的宿舍內
女同性戀者依靠著沉默的門；
她們在半夜赤裸裸的床上使用
　　　　　　　　什麼語言？

而那些上學中的橘子女孩
在初接觸時發抖流血
我聽到淌血聲音
但我還是不知道什麼是血的
　　　　　　　　本土語言。

我不知道本土語言怎麼說至痛。

阿布爾·哈桑　137

我只知道
我是男人而在這廣大世界裡
至今我的本土語言是
飢餓。

轉譯自M. Harunur Rashid英譯本

54. 內在擴張
The Inner Expansion

但願我能說，
我不屬於這些，
與這些絲毫無關。

他們在我眼中，笨石無趣，
這頂假髮，
窮演員的這套服裝——
這些不是我的，不是我的，老天：

啊，但願我能這樣說。

轉譯自M. Harunur Rashid 英譯本

哈比布拉・西拉吉
Habibullah Sirajee

　　1948年12月31日生於達卡專區福里德布爾縣
（Faridpur）。1970年畢業於孟加拉工程科技大
（BUET）。曾在東南亞、中東和孟加拉不同機構工
作。出版著作總計超過40冊，包含詩、小說、散文、
回憶錄和少年詩。榮獲孟加拉學院獎、Jessore Sahittya
Parrishad獎、Alaol 文學獎、Bishinu Dey獎、Rupashi
Bangla獎、Kapitalap文學獎、Mahadiganta獎。旅行遍
及澳洲、印度、馬來西亞、英國、加拿大、美國、台
灣、印尼、新加坡、泰國、科威特、伊拉克。現任孟
加拉國家詩議會會長；孟加拉學術院院士。已婚，生
二女一子。

55. 橄欖星期一
Olive Monday

太陽清晨逐一鋪上黃床單
好像是薑黃大豐收
堆滿農家穀倉。
如今有些散落的殘餘
像是有人在村莊鋪上
一層美麗黃床單⋯⋯

根本不需要起床，
不急不徐。
如果闔眼仰臥
會感到蝗蟲在舞蹈，
風從河邊吹來忽強忽緩，
上游氾潮陶醉——

再後來
綠色白蟻堆積空白記憶
和掉落的橄欖葉。
龐大的星期一，擱在他臉上，

哈比布拉‧西拉吉　141

變成美味食物，
濃稠乳酪，
在天高的冷凍櫃內，
變成快樂的家
　　　　和可口的飲料……

從溫馨的花園內
流出音樂聲；
在高懸的烘箱上
繼續蒸炊幸福和美；
橄欖葉以輕柔音響砰落，
雙雙對對的眼中
在巨大的黃色床單上
母親、忠誠、道德、性在打滾
從一邊滾到另一邊
好像那麼多石彈。
一年中難得有橄欖星期一。
幸而有時

無論老少都健康美帥，
高傲低身俯首
像果實纍纍的樹木
沉默的慶典就在
曬黑人的內心進行。

飛揚的愛旗像雞冠
橄欖星期一來了又去。
一生中只有一次
能碰上橄欖星期一

轉譯自Kabir Chowdbury 英譯本

哈比布拉 ·西拉吉　**143**

56. 健康講座
A Lecture on Health

因為健康變化，有些人去海灘
有太太陪伴。
他們目的：讓身心籠罩在
蓬勃氣候裡，生活健康，
駕著他們年份的車
靠近到某山坡景點的邊境。

於是有些人恢復健康，
在鹽分自由空氣中重獲身體和諧喜悅，
必然的滿足滋味。
有些人甚至感覺這良好環境，
在濕沙上看病懨懨的落日、
棕黑色螃蟹、滑溜溜的生蠔。
萬事順應自然，
因而全部是自動運作
繼續自然發生：
　　　　海咆哮
　　　　微風吹不停

雪親暱
波浪起伏。

由於土壤改變
有些人跑到遠遠的西方。
由於味覺改變
有些人放棄魚
更加鍾情於肉。
由於家庭改變
有些人破壞家庭
　　　　　一而再，
改變個人服裝，當然，
那是私人非常的私事。
為個人健康起見
或追求享受，或清心寡慾，
或在菜單上包含
雞湯、麵包加紅酒
或是番茄和菠菜。

哈比布拉·西拉吉　145

但微風無論如何宜人
水又甜又好喝，
甚至有雲彩飄過
眼前令人陶醉的自然美景
仍然有些缺憾，
也有些不足……

一些問題叢生的貨幣事務
持續不變在控制氣候
以及丘陵、山谷和平原
以非常衛生的方式。

轉譯自*Kabir Chowdbury* 英譯本

57. 警官讀報紙
The Cop Reads the Newspaper

警官在平交道噪音轟隆聲中閱讀
孟加拉日報。他在發呆中打發三更半夜。
當遊戲結束，道路變得冷冷清清。
警官終於解脫了。收拾起步槍，
回到增加人口和需求的家。

警官在銀行門口附近閱讀報紙，
不為快樂撐竿跳、二次交易、分類帳簿所動。
空白頁充滿會計詭計，
無數零乘無數零，
他的卡其褲髒了，帽子因自己火燒泡了水，
飯碗又空了。手銬扣在一起。

「拉繩拉倒國王半身雕像」
警官在孟加拉出版社大門閱讀報紙，注意
風吹進祕書處內，卷宗移動，警官敬禮。

哈比布拉·西拉吉　147

代格納夫和代杜利¹¹以及蘇達班森林俱往矣。
當中腹凸出，領導人可以衡量群眾。

警官在國會大廈內閱讀報紙。從從容容。

轉譯自Syed Manzoorul Islam 英譯本

---

¹¹ Teknaf 和 Tetulia 都是孟加拉地區名。

58. 老虎
Tiger

被囚在黑欄內
黑虎的兩隻眼睛瞪了21年。
只看到擲刀遊戲
奇術花招、胡鬧亂搞。
這隻老虎曾經在森林裡自由漫步，
喜歡密林裡的影子，
水，粼粼閃閃，順風。

這隻老虎喜歡田園收穫，
露濕了工人褲底，
落果的果樹、花粉。
這隻老虎絮絮不休誇說自己，
唱歌好好活下去，像某人本尊。

某天，有一獵人租下整座樹林，
刀尖變霧
弄濕了鮮血。
拘押在籠子內

自制增而真相益增。
虎籠增，
黑白虎皮熏香。

老虎看地，
蛇信看火焰。
老虎看死亡，死亡本身則凝視生命。

轉譯自Afsan Chowdhury 英譯本

59. 生命
Life

兀鷹是鳥嗎？
稱為鳥是錯啦，雖然有翅膀。
例如人，
有些是手臉眼一切俱全，
然而還不算人類；
而是嗜屍昆蟲，像兀鷹，
是惡鬼的一個亞種──
是地獄，是毒藥；
打破核心密語，某些嗜殺動物，
用齒爪撕毀太陽真正生命，
殺掉孩童的遼夐天空，
他們無信仰，絕滅。

實踐真理，起而行。
做人的意義，
讓我們來消除惡魔，斷兀鷹之根
在為美遠征的儀式上
我們要履行人生的義務。

轉譯自Quader Mahmud 英譯本

賈希杜爾‧哈克
Jahidul Huq

　　1949年生。詩人、短篇故事作家、作詞家、小說家。主要作品有：《Pocket Bhorti Megh》、《Neel Dutabash》、《Tomar Homer》、《Pariguscccha O Onnano Kabita》、《alconygulo》、《Premke Korechi Bari》等。榮獲孟加拉學術院獎。擔任孟加拉電台副總台長，大部分時間從事德國廣播電台資深編輯工作。喜歡到處旅行。

60. 阿布度拉，等等
Abdullah, Wait

等等，阿布度拉，讓我們
在這裡停一下，就在這燈柱的影子旁。
你聽到微弱的哭聲嗎？
我以前從未聽過。
還別走，我們不會待久。
我只是要我們轉到
這條路一下，同聲一哭，
再讓我們耳朵深深傾聽其心靈。
今天不是過新年嗎？
還沒有人向你祝賀嗎？
有沒有人向你伸出他的手、他的痛？
你有沒有從任何家庭接到
任何邀請？接到任何
芬芳記憶的訊息，
承諾的記憶
來自世紀老家庭的
黑暗內部？
你聽到微弱的哭聲嗎？

等等，阿布度拉，我們不會待久。
我們不能待久。不在這裡，不在別處。
我們不容許這樣。
不愛不恨，也不生氣；
不成功也不失敗——什麼都
不許我們有時間待久。
所以讓我們在這裡停一下，
就在這燈柱的影子旁。
我以前從未聽過這哭聲。

轉譯自Farida Majid英譯本

61. 願望
Wish

如果是空閒的四月中午
我會前往觀察妳眼中
一些葉片
傷心的音樂鐘，
我會前往與妳有節奏感的腳共舞，
哭出泣血的眼淚，
而四月火突然
會噴出火焰
如果我是銅色電報線
我會傳遞給妳，我所有失敗、
任何未完成的歌曲、
悲痛欲絕的花朵。
啊，我只要一點點快樂
在這不可能有希望的月份裡！

轉譯自Kabir Chowdhury 英譯本

賈希杜爾 · 哈克

62. 羅浮宮
Louvre

羅浮宮呀，請把悲傷堆積在巢內
或者，以適度光亮使獨白榮耀；
在你當中，百年凍結之淚
成列存在於雕刻或繪畫裡。
請小心保存摺好的歷史
和追求無數夢想的宇宙之眼：

在成群遊客和天才塵埃內，
在照相機閃光和沉思獨白中，
世紀似守護悲傷的警衛；
妳呢？妳是內憂的慶典盛會！

63. 蒙娜麗莎
Mona Lisa

妳微笑嘴唇之光發射憂傷；
不知道為何憂。為何在妳眼中
塞滿從心靈脫離的感情？
在妳的微笑裡深深洞見
泡在數世紀眼淚中的人類遠景，
有憤怒與甜蜜的不協和歌聲。

我今天滿身高興來看妳
卻混雜著我遺囑上的憂傷！

64. 月滿香榭麗舍
Champs-Élysées Graced by The Full Moon

昨夜月滿香榭麗舍大道；
亮麗的藍月如常，羅丹外形
慷慨把她淹沒。然後，
月亮把我遺棄在那裡發出
不可思議的夢和幻想瀰漫巴黎。

月亮呀，滿月呀，妳像心靈
在無聊的憂鬱中自我挖掘
構築壕溝因挫折而厭煩；
心靈發出神聖平靜的月光
在失措夜裡照耀大樓窗玻璃：
燈柱向妳伸出手臂擁抱，
夏娃塗裝的臉反射美術光彩，
詩人耐性到安詳雕塑達高峰
在妳光線下，放蕩的情色藝術
甚至藉音節和韻律變得生動，
生命和暴力因藝術淨化而升華。

轉譯自Alfaz Tarafder 英譯本

穆罕默德・努錄爾・侯達
Mohammad Nurul Huda

　　1949年9月30日出生於科克斯巴扎爾區（Cox's Bazar）。孟加拉當今最享國際盛譽的前輩詩人，有一百個以上頭銜。出版詩集超過60冊，包含《Kabyasomogro》（孟加拉文詩集成）和《詩選集》（英譯本）。詩被譯成多種國際語言，有英文、法文、德文、瑞典文、俄文、阿拉伯文、烏爾都文、印地文等。榮獲國內外五十多個獎項，包含孟加拉學術院文學獎（孟加拉最高榮譽）、國際詩人貢獻獎（ISP, USA）、印度特里普拉邦（Tripura State）獎、印度Mahadiganta獎、土耳其總統榮譽獎、孟加拉Ekushe Padak國家獎。著名評論家、翻譯家、智產權專家、民俗學者、小說家、文學組織者。擔任過孟加拉學術院董事、Nazrul機構常務董事。現任孟加拉唯一網上雜誌artsbdnews24.com 編輯。在幾所私立大學擔任英語教授。目前是孟加拉作家協會主席、全球詩美學運動組織孟加拉詩會（Bangla Kabita）創會主席。策劃達里雅納嘎詩歌節（Darianagar Kabita Mela），每一、兩年舉辦一次。喜愛旅行，周遊列國。

65. 逆流筏行
The Raft-Journey Upstream

沒有什麼事放不開，因為
那是妳的選擇，乘筏旅行
嚇不倒妳，妳反而想
可能會撐到終點站；
就這樣在月照日曬下
在無篷筏上，妳美人魚呀
妳已來到這港口。

妳青春有勁本身便是財富
比黃金白銀更加寶貴
也勝過素果和奉獻牲禮；
賭徒漁夫眼中妳是一條
大魚，水上健兒已忘了
結晶水的原理。

他們垂涎妳美身尋找藏寶
他們炯炯注目於妳亭亭乳尖
還有妳飽滿的美人腿，

但妳不管這些，兀自埋首，
妳也無視兩位女神把妳
夾在中間的一場大戰。

妳不關心誰贏誰輸，
妳只信守要找到天堂之路。

66. 富泰女人的真理
The Truth about a Fertile Woman

薩娣呀，把丈夫腐敗身體緊緊抱在懷裡！
用妳穿的亞麻布細心包裹他，
當形體消失，去找無形體的他，
像完美的畫家繪出他無損的形象。
矛盾是原民的真理，光更是
還有以抽象線條繪成的物質形象；
黃昏時燃起火葬柴堆，屋內焚香；
塵世子女彌補了此生裝飾。

妳夢中真理也在影子和幻想裡，
要用妳人間雙手維持一個家；
妳要去贏取許多事情，不能輸，
需要煮飯養兒，是妳的部分天職。

大地日照和雨淋維持繼續肥沃，
富泰女人是真的，乾旱只有短暫。

67. 獨身生活白皮書
White Paper on Bachelorhood

花神呀，

       妳在時間同性戀者庭院

       已焦急等待多久啦？

在陰暗朦朧中仰望這棵樹，

       簇集樹葉上的可愛藝術作品。

那不過是我坐在樹底下的

       我們地球的古老影像罷了。

我坐在這裡，花神呀，

一位無瑕的隱士

坐在凸出的山丘頂上。

俯視下方綿延廣闊的密林

滿是松樹、柑橘園和杏樹。

旁邊，來富孿生湖暢流

          深而且神祕。

像獵人的箭

這些景觀在我眼前飛馳

而悲痛創傷的我坐在這裡
　　　　　　　一位流血的罪人。

花神呀，
　　　妳在快樂時光的藍夜盛開，
　　　妳在風的耳邊說悄悄話。
或者，妳正用芳香的綠色墨水
書寫一些其他少女的祕史？

我不知道妳在說什麼，
　　　　　　好像我是傻瓜。
我聽不懂妳在陳述什麼，
　　　　　　好像我是聾子。
我看不見妳的任何歷史，
　　　　　　好像我是盲人。

花神呀，
　　　我又盲又聾又傻，

　　　　我是地球上睡不著的罪人

　　　　對歷史或地理都沒有興趣。

我用從容的眼光

一直注視處女地，

我的獨身生活白皮書翻開，

一支神筆帶在我身上。

花神呀，

　　　　我寫不出一個字。

在大自然的藍色洪水中

　　　　我濕透了。

　　　　　　　　　　轉譯自Kabir Chowdhury英譯本

68. 頭
Heads

你可到處看到頭：

　　　　黑頭、金頭、頭髮

　　　　　　　茂密的頭。

你只看到頭，

　　　　風景的源流，

　　　　物質世界，

　　　　理想世界。

頂部你看到頭髮或草或樹葉屋頂；

內部你發現腦如像發現火或水一望無際

在大地的子宮裡。

有各種各樣的頭：圓頭、方頭，

全部有堅定目標。

在他們保持平穩的場地，

他們不斷成長而前進時排成隊。

古典的頭在河岸，

在廣闊青草地，

在撒哈拉炙熱沙漠，

或希臘或伊薩卡或赤道區運動。
在太陽下頭盔閃閃發亮。

這古老的地球，
宇宙的寶貝孩子，
轉動歷史和地理的軸線。
而這些頭在轉動雙腳，
遍體裸露。

他們在陽光地點到處跑，
尋找暗中陰涼的道路。
失望了，在他們大聲喊叫時
　　　　　　整個風景震動了。
獅群在森林中咆哮
而在家庭主婦的宇宙裡
是太陽炙傷頭的載波在吼叫。

轉譯自Kabir Chowdhury英譯本

穆罕默德·努錄爾·侯達　　167

69. 繁殖力
Fertility

海灘暖和了
即使在冷陽下。
此刻
在藍海的內室裡
烹飪異國料理
正好鶴飛越過海浪上
　　　　　　鼓動巨大翅膀。

牠們揚起風的交響樂
敲擊一條弦
　　　　在夢般紫色的心中。

在海的藍焰上面
看似一個巨大火爐
慢慢煎著金色陽光蛋。

味覺和嗅覺交織，
拼入不可分離的體內，

沒有交媾中斷
或明顯證明，
牡蠣活生生受精了。

轉譯自Kabir Chowdhury英譯本

阿必德・阿札德
Abid Azad

1952年生，2005年逝。詩人兼編輯。出版詩集有
《Ghaser Ghatana》、《Amar Mon Kemon Kore》等。

70. 主題
Theme

一隻鵲鴝棲息在思考中。
孤獨的男人點燃香菸
彎腰像一棵檉柳，
火柴桿的火光照耀他合掌
像燦亮星星的銀色光芒：
他潑水洗臉
從池面下方
挖出一大片靜止的鳳眼蘭——

又透明又柔軟像綠色塑膠。
透明的冷水，孤星的光芒
緊偎他的瘦下巴，驀然
像一件亞麻布。

那時是寒冷的十二月黃昏
枯葉落在大路上凍僵，
在紅藍霓虹燈光下
榕樹葉落在引擎蓋上，

停在大路另一邊的
亮麗汽車粉紅色擋風玻璃上。

沿路沉思中的男人——
一手插在外套口袋裡
忘掉了手指的存在，
這時閃亮的晚星已在
他人的向上掌心裡變成灰。

他正走向更寂靜的街道
那邊冬天午時燦亮
像閃閃發光的黃銅廚具——
他要在那邊的公園內
用枯葉升火
在四周霧濛濛的火裡
烤如真似幻的鵲鴒

譯自Saidur Rahman英譯本

71. 夕陽獵人
The Sunset Hunters

為何到海濱來玩
帶著三位夕陽獵人作伴？
事實上他們渴望在妳臉上和眼裡
看到日落的光芒，
並不是要觀賞夕陽。
妳為何與他們攀登山頂？
事實上他們是想從妳的掌心
聽夕陽怒吼，
不是要從山頂觀賞落日。

他們有一位帶著閃亮黑色照相機
像原始時代的武器，
另一位帶著手提包裝有
熱水瓶和滿袋乾糧，
第三位有一部電唱機和一些卡帶
錄有情慾快感的喘息聲
於媾合的高潮頃刻。

就在到達海濱時
他們目睹夕陽而大肆喧嘩，
像石器時代人民
夜間在洞窟營火旁
看到燒焦鹿肉引起的騷動。

他們有一位用閃光照相機
搶拍到妳裸露外脛；
另一位掏出一大塊美味麵包丟給妳；
第三位把電唱機調大聲。

三位獵人像三座山岡圍繞妳
開始自得其樂跳起舞來。
然後他們回到城市
帶著妳被錄在卡帶內的尖叫聲；

譯自Saidur Rahman英譯本

72. 手榴彈
Grenade

不是為暴力而暴力，我是就愛而言，
我從愛湧出。

在某些眼光裡，怒氣壓在深處——
男人外表顯得安詳如靜湖
但怒氣留在內心周圍。

不是為怒而怒，
我為愛而爭
血不是為流而流；
為了愛，我從食道下方掏出
我握緊的手榴彈。

在手榴彈內部有敏感的心，
當然不是為戰而戰，
我繼續握著可愛的手榴彈，
意思是要做為妳的生日禮物。

譯自Tassaddoque Hussain 英譯本

阿必德·阿札德　175

納希亞・艾哈邁德
Nasir Ahmed

　　1952年生，詩人、報人、小說家、短篇小說作家、劇作家。主要作品包含《Akulata Shuvratar Janya》、《Tomakei Ashalata》、《Brikhamangal》、《Valobasher Eiepathe》。榮獲Bishnu Dey Purashkar, Jibanananda Purashkar和孟加拉學術院獎等。

73. 永久沉默
Perpetual Silence

你以沉默對待渴望
需要少點運動
我們倆有同一目標
月在呼叫夜，——夜呀，
你多麼孤單呀
在這暗澹的月下？
夜不重播
渴望和孤單
二者跑去相會
月和日仍沉浸孤單裡。
我有渴望嗎？
或是你孤單嗎？
或者詢問數百次後
誰不會打破
永久沉默

74. 我沒說過的話
What I Didn't Say

以前我沒說過的話
即使今天還是不能吐露
我嘗試說明我無能為力
任何未出口的話依然
瀰漫藝術作品像摔傷疼痛
妳遍撒離別的苦味
繼續如此這般始終不斷
妳沒有令我高興過
妳也沒有令樹結滿果實
所有這些怨言我依然沉默
我自己結束了夢想。

75. 有一天這一天
One Day This Day

有一天在呼吸裡有盛開玫瑰
眼中盈滿月光的雨絲
我此心有愛：信仰的鑰匙
可用來開啟任何人心。
急性耳朵可聽到海洋歌曲
可是只有妳不在場。

如今殘餘記憶
籠罩整個視域
陽光被時間的黑翼掩蓋
只有我手拿錯旗幟
此時耳朵只能聽見雷響
這一天美夢粉碎
可是妳正站在我門前！

以上譯自Siddique Mahmudur Rahman英譯本

納希亞 · 艾哈邁德　179

賈漢吉爾・費洛哲
Jahangir Feroze

　　1955年生，孟加拉著名詩人之一。為職業報人。
出版九本詩集，包含《Bandho Matal Rode》、《Sera
Tukro Megh》、《Mouri Boner Batash》。

76. 花開花謝
Flowers Wither from Bosom

紅花玉蕊的花簇
從掛在樹上的
金黃串鍊凋謝了
飄浮在河裡。
花的終點
我們不知道。
我們還在河上
浮釣記憶，
花和披著紗麗小魚
兜入網內，
月亮照著
魚身，
月亮和魚
在網內嬉戲。
我躲在魚腹內：
水波蕩漾裡無法入睡
我們記得我們繼續
在胸懷培育，

我們胸懷抱持河流
魚和紅花玉蕊。
花落河裡逐波漂走；
我們卻忘記我們像河流動
我們胸懷連水味
都抱持不住。
花也腐爛
在河水中漂流
失去花香。

魚留在我們胸懷，
花油塗抹魚腥的人，
花從我們胸懷凋謝。

轉譯自 Saidur Rahman 英譯本

77. 第一把火
First Flame

超越語句的限制

感情找到了庇護所

在一本生命書裡

巨著的末頁

是我大受感動的魅力文件

Thorny Nata, Sofeda, Jamrul[12]

我青春期的清香

野生Khoi 和一串紅莓

很像山羊糞便

貪欲無情的紅螞蟻

到處亂竄

叮咬到就變成語句

留在傳記前言裡

波提切利的維納斯圖畫

似乎賦有了血肉形體

從室內遠遠走出來

---

[12] 均為野生叢林水果名。

她的濕衣悉悉索索聲
緊緊裹住她身體
在夜晚的心中
開啟神奇的門扉
第一把火觸及最深的心弦

經過幾春後，第一次春節
以你的真誠感動再度發芽。

轉譯自 Syed Fattahul Alim 英譯本

78. 不可思議，妳呀
Inscrutable, Thou

不可思議，妳呀
我如此接近妳，還那麼遙遠
妳胴體的溫暖呼喚捉摸不定的鳥
汗水滴到鳥喙上
我們倆試圖超越極限去抓
卻被溜走進入綠林深處
我目睹獨特樹木、藤蔓植物。
但整體上，我仍然沒有翠綠感覺。
一瞬即逝的鳥飛過我眼前
仍然繼續向前飛
我如此接近妳，還那麼遙遠
妳的行李留下來，恢復自我訓練
如此接近，為什麼妳生活離我這麼近！

轉譯自 Fattahul Alim 英譯本

賈漢吉爾·費洛哲　185

79. 孤獨的房子
The House of Loneliness

陰森黑暗籠罩房屋。
一隻孤獨狗，不勝寂寞，
懶洋洋躺在炎熱走廊，
狗嘴擱在爪上，
期待，不勝期待，
等候主人回來。

狗寂寞。

房子，迄今是孤獨象徵，
屬於我。

轉譯自 Afzal H. Khan 英譯本

80. 把妳的名字寫滿我的天空
I Have Written Your Name
Throughout My Sky

無論我心中有過的天空多麼小
我已寫滿妳的名字；
無論我心中累積的空氣多麼少
我已盡量吸取妳的味道。
無論這些眼睛已見識到
妳迷人的照片佔四分之三優勢，
無論我聽到
妳甜美的聲音一響
就掩蓋一切
無論我怎麼想
妳總是擁有了全部。

如果有別人的名字寫在妳的天空
則我將是西北風；
如果妳的天空充斥奇異蔚藍
則我將是秋天裡的雲層。

無論我心中留下的天空多麼小
妳已擁有全部；
但願有鏡頭一下子就可
窺視妳的天空！

轉譯自 *Tapan Kumar Maity* 英譯本

穆哈默德・薩馬德
Muhammad Samad

　　1956年生。達卡大學教授，孟加拉詩會會長。出版詩集有《Ekjan Rajnaitik Netar Menifesto》、《Premer Kabita》、《Kabitasangraha》、《Aamar Duchokh Jala Vore》、《Jay Aaj Sharater Akashe Purnima》、《Cholo, Tumul Bristite Bhiji》、《Podabe Chandan Kaath》等。詩作被譯成多種語文，包含中文、希臘文、英文、瑞典文、僧加羅文，以及印度語文，有阿薩姆、印地、坦米爾、科科博羅文等。為孟加拉詩與文學的貢獻，榮獲許多獎項。

81. 烏鴉
Crow

我很難理解
休斯[13]的烏鴉行為，
牠們總是後現代派。
孟加拉烏鴉永遠像我樸實的母親。
牠們一直在討論我們的善惡，
開會要解放世界免受到垃圾災，
有鑑於政策決定，牠們
在晴雨中連飛帶跑；
總在關鍵時刻預報危機。

所以，我喜歡孟加拉烏鴉。

所有早起的烏鴉是我的妹妹。
牠們叫醒我的女兒坐到書桌前。
牠們送我父親帶犁迎向東方天亮，

---

[13] 英國桂冠詩人Ted Huges。

牠們呼喚我母親俯首禱告。
牠們叫囂世界並且說⋯⋯

姊妹，起床、保重──我們嗓子
就要破口報曉，那些正要流血！

轉譯自Kajal Bondyopadhyay英譯本

穆哈默德·薩馬德　　191

82. 樹之一
Tree: One

看時間的尖爪刺穿
我的手掌。

扎入我的青春，且看
多麼壯觀又荒唐呀，這場烈火
這起死回生的愛——這大地的篤信！

鑿開我層層的身軀，且看
那犁刃多麼閃閃發亮
像是筏蹉衍那[14]的64招性愛藝術
還有
那分辨善惡的禁果。

金色大地的悅耳插曲
只是古代流血的貴族史詩

---

[14] 筏蹉衍那（Vatsyayana）為古印度梵語文學《伽摩愛經》（Kama Sutra）的作者。

一場暴風雨，
一切都使詩人堅定信仰火
而他的根深挖進岩石裡。

轉譯自Kabir Chowdhury英譯本

83. 樹之六
Tree: Six

小姐，妳是一隻螢火蟲；
在我身處的天空成長──
綠葉會庇護妳。

在微風中持續睡了一整天；
牧童就要趕牲口回家去；
黃昏即將施展魔力於鄉村小徑；
於鄉村美女眼中；
溼莎麗[15]把美撒落在揚塵路上；
宣禮員從土造的清真寺，
把流暢的聲音像噴泉傾瀉；
用海螺白晰的手拿燈，
在頭髮分際點朱砂的女性
用柔唇對海螺吹氣，
把吉祥天女[16]蓆墊鋪在庭院裡。

---

[15] 莎麗是孟加拉和印度傳統女裝。
[16] 吉祥天女（Lakṣmī）是印度教中最重要的三位女神之一。

小姐，妳是一隻螢火蟲；
在我身處的天空成長──
綠葉會庇護妳。

轉譯自K Ashraf Hossain英譯本

84. 愛在黑暗中成長
Love Grows in Darkness

愛在黑暗中成長——愛在天黑時成長

愛在黑暗中讓情人躺在懷抱裡
愛在黑暗中整夜轟隆轟隆像七月雲

愛在黑暗中忍不住在百萬頭髮的每一點跳動
愛在黑暗中悄悄踩過荊棘灌木叢

愛在黑暗中聞到情人的長髮而顫抖
愛在黑暗中潺潺奔流像山溪

愛在黑暗中親吻河床水岸盛開的濱芒花
愛在黑暗中滴在夜花[17]樹下的情人身上

17　夜花（shewli）原產於孟加拉等南亞，俗稱在夜裡盛開的茉莉花，亦稱
　　珊瑚茉莉。秋天開白色芬芳小花。

愛在黑暗中糾纏情人頸項喉嚨和四肢
愛在黑暗中頭敲天庭黃金門乞求

愛在黑暗中成長——愛在天黑時成長

轉譯自Kabir Chowdhury 英譯本

85. 我現在想擁抱妳
I Would Embrace You Now

我現在想擁抱妳
在此昏昏的月夜
在此甜蜜蜜的週遭——
身體壓抑不住，
到處是亮晶晶鑽石，
火紅小球——
我怎能不接受妳！

是我叫醒妳
全副身心愛妳
妳是德勞巴底[18]—克里希納[19]
妳是打臘兩星期
妳是錫布拉河[20]
妳是愛、水和光

---

[18] 德德勞巴底（Droupadi）是印度史詩《摩訶婆羅多》裡的女英豪。
[19] 克里希納（Krishna）是德勞巴底的另一名稱。
[20] 錫布拉河（Shipra）是《摩訶婆羅多》裡提到的南印度一條聖河。

妳是火紅小球
我怎能不擁抱妳！

轉譯自Kabir Chowdhury 英譯本

穆哈默德·薩馬德　　199

卡馬爾・喬德福理
Kamal Chowdhury

　　1957年生。人類學博士，為孟加拉資深公務員，現為孟加拉駐聯合國教科文組織（UNESCO）常務理事會代表，及其條約和提案委員會主席。七十年代即以其青澀的詩作踏入詩界，1981年出版第一本詩集《Michhiler Soman Boyosi》，迄今共出版17本詩集，包括《Echechi Nijer Bhore》、《Ei Megh Biddute Bhara》、《Rod Brishti Antyamil》、《He Maati Prithibiputra》等。榮獲孟加拉學術院獎。

86. 足跡
Footprints

我們彼此見證，走過灼熱沙地。
遠離人類居住地
托萊索里[21]呀，在妳荒涼沙漠般廣闊原野，
在你被霧濕透的沙灘
我們的足跡像行軍蔓延。
那是寒冷刺骨的下午八點鐘
我們戴圍巾、穿套頭毛衣、窄褲和靴子。
我們走著，顧不了笨手笨腳
我們頭髮和眼睛被霧濕透
我們的腳陷入白沙裡
我們不停走著走著
有時繞圈圈，有時比中指
幾分鐘內，我們有成千足跡
在灼熱沙地喚醒。

---

[21] 托萊索里（Dhaleswari）是孟加拉國源於印度阿薩姆山區的主要河流梅克納河（Meghna River）支流之一。

托萊索里呀，醒在
荒涼缺水的地形。

托萊索里呀，妳永遠不想知道
是誰留下這一切足跡嗎？

滿月喲，冬季喲
被寒霧濕透的刺骨冷風喲
對我們大家作見證吧
如果問起托萊索里，請告訴她
有三位多愁善感的青年要
留下所有這些足跡。

我們以兒童般普遍方式嬉鬧走著
我們撿一把一把的沙子亂撒
我們知道，一旦這缺水荒涼的河流
流到盡頭

就像吉拔納南達[22]的抒情詩
托萊索里呀，接觸妳的回憶全部
湧現，有一天會溢滿孟加拉。

三位青年人將會漂流
孟加拉全國各處去。

轉譯自Muhammad Nurul Huda 英譯本

---

[22] 吉拔納南達（Jibanananda Das）可能是孟加拉最著名的詩人，被認為是在泰戈爾浪漫詩大行其道的時代，把現代詩引進到孟加拉文壇的先進。

87. 黑白
Black and White

所有土地──男人的家──是白的。

有些人不把白稱做顏色。
連彩虹都高興沒有它。
可是我們孩子的學校襯衫是白的，
白是和平鴿子
而詩出生地的紙也是白的。

我們仍然有黑有白
在黑色土地上！
白的好處是，你可隨意
變成紅色，當然還有
黑色。

88. 一則童話
A Fairy Tale

在枯樹上我吊一隻
你稱為和平的白鴿子。
我召喚這種魔幻現實主義
把羽毛的溫暖
連結到枯葉的身體。
兒童手稿淹沒無救的土地
在奇異的毛毯上飛行
到魔術師手裡出現的雲層。

那邊懸掛死者的夢想
來自童話樹。

我懸掛的和平，和平呀，
我一直在寫這些童話
透過生命的雲層去旅行。

89. 無名者
The Unknown

一到天亮，下雨啦。
雨淋我，我在熟睡中
永不會忘記灰塵，
我度過失眠夜，當然，
我襯衫上的血跡，
任何下午都擦拭不掉。
不，有一位女孩！可是
她說：「我是別人。」

無名的風掛念你的夢
當你在思慕她──
你家會忘掉你，而你
所認識熟人的臉看來像是
鄉村市集銷售的面具！
我住家附近
是不錯的小鎮──
男孩是德里達的愛讀者
女孩拒讀書於千里外……

90. 距離
Distance

這冬天使我謙虛
因為我們撒落樹葉
而你，早上坐在那裡
在枯葉上寫
一首情歌。

其時，我學會了欺騙
使糊塗讀者團團轉

我們生活的日常灰塵
帶著長期靜止不動的心靈
從話語的心底……

以上均轉譯自Tapan Shahed英譯本

塔立克 · 蘇嘉特
Tarik Sujat

1965年生，八〇年代末期在達卡大學念政治系時，參與反抗軍事獨裁的文化運動。1980年投身現代孟加拉詩景觀。擅長抒情詩，創作詩行間悅耳的音樂性。專業是競標的平面設計師，也是設計和媒體界的企業家。出版五本著作，詩榮獲印度頒贈的著名Krittibash獎。

91. 街道奇聞
The Myth of the Streets

胸膛上承受無數輪胎軌跡
城市歌曲有一天會絕唱。

在昏沉的中午炎陽下，
群鳥飄落的羽毛
落在瀝青街上
哼著事實：
這裡，曾是平靜城市
除了人以外
只有鳥棲。

啊！
群鳥潛入永恆的
湛藍海水中滅絕；
一群空談男人
在淒涼荒蕪蔓延中
繼續為城市文明
尋找萬能鑰匙。

92. 回來
Come Back

童年時
戰火
燃掉所有路跡
從此
像游牧地！

夜寂時
漂浮在
寧靜河裡
看不到
破曉光芒：
從此
在黑暗中！

少年時
血腥1975年；
在漆店裡
純真的心靈

聽到惡魔狂笑：
從此
變成全聾！

青年時
齷齪政治體
充斥
獨裁者民主
我們為自由震盪
分裂成兩派。

流向海洋的
兩條河流色調
永不混合。
休耕意識的田園
即使勤奮翻耕
依然荒蕪。

塔立克·蘇嘉特　211

自此
一代認同：
卑屈
一代認同：
自由愛好者

游牧、盲聾
就是今日世代，
在生命高潮
就滑落入衰老？

永恆的七一[23]！
來，回來：
恢復勇氣
招喚自由愛好者心靈！

---

[23] 「七一」指1971年，是年孟加拉解放戰爭創立獨立國家。

93. 兄弟呀，兄弟
Brother, Hey Brother

舉起
破爛天平

　　　　　　等著
兄弟呀，我的兄弟！
秤出
我們命運多艱。

伸直
你的脊椎
請，硬起來。
沒有脊柱
你就可接受
一些國家獎。

再而三
國族失去榮譽，
兄弟呀，兄弟！

正義說再見
留下尷尬的法官。[24]

---

[24] 孟加拉國父塞克赫・穆吉布・拉赫曼（Sheikh Mujibur Rahman）1975
年8月15日被謀殺案審判時，只因上訴法官對聆聽訟案感到「尷尬」而
延審。

94. 曾經河流縱橫的陸地
In a Land Once Full of Rivers

橋梁比河流凸顯
橋墩比橋梁大
在橋墩的強度上
人佔有魚脊。

領袖比國家崇高，
頭銜比領袖多，
患了誇大妄想症
就任匾額被拆下了！

河流縱橫的陸地
兒童浮在水流中──
父親自己跑來跑去
尋找失落的孩子。

郵筒獨自守候
等待新郵件投入，
啊，信件本身

不知何故到達
墓地。

95. 我在誕生前已經擁抱死亡
I Have Embraced Death Before My Birth

——悼念2016年7月1日在達卡高爾杉（Gulshan）屠殺事件中
死亡的義大利孕婦Simona Monti腹內未出生嬰孩。[25]

我在誕生前已經擁抱死亡。
我自己沒有土地、沒有語言、沒有國族。
分辨不清惡與善、有無宗教信仰。
看到恐怖的生活照片
我在出世前已嚥下哭聲。
我第一口歎息絕不會
毒害到這地球的氣氛。
我最後呼吸是從我大地之母
贏得的第一個獎項。

母親呀，
妳是我唯一的玩具屋、學校和棺柩。

---

[25] 2016年7月1日晚間9時許，孟加拉首都達卡精華地段高爾杉使館區高朋滿座的霍利工匠烘焙坊（Holey Artisan Bakery）餐廳遭到攻擊，造成兩名警察和20名人質喪生。

在我勉強張開眼睛之前，我必須看看
這位兇手撕開我肚臍的尖銳爪牙。
在我耳朵成形之前，我必須傾聽
我學校下課鐘聲。
清真寺、佛廟和教堂樓塔上
迴盪的奇異聲響緩緩止息。
我第一張床也是我最後的床。
母親子宮是我未親眼見到
大地之家的唯一角落。
那裡，也是趨下幽暗
我嘗試保持漂浮在血河上
拉住我母親的臍帶。
我這小手和手指
抓不到東西可依賴。
我眼睛，仍未開，看到
可蘭經、聖經、薄伽梵歌和三藏
泡在死神野蠻殺戮的血流中。
在幾乎被黑暗淹沒的地球上

我無法閱讀任何語文的神聖字母。
我就在誕生前已經擁抱死亡。
母親子宮是我的第一個墓穴
第一個棺柩和第一個火葬柴堆。
人類這地球已付之一炬
我的幾滴血無法加以澆熄。

譯自Mohammad Nurul Huda英譯本

塔立克·蘇嘉特　　219

阿米紐·拉赫曼
Aminur Rahman

　　1966年10月30日生。孟加拉國內外著名詩人。其詩作被譯成超過20種語文，外譯詩集有英文、西班牙文、德文、日文、蒙古文等。他也是著名翻譯家和藝術評論家。其出版詩集，包括《Hridaypore Dubshata》、《Thikana Kabita Dighir Par》、《Bhalobasha O Onnanno Kobita》等，附吟詩光碟片。另 出版七本譯詩集，編過幾份詩刊和詩集。代表孟加拉出席哥倫比亞、馬來西亞、蒙古、印度、伊拉克、日本、斯里蘭卡、尼加拉瓜等國詩歌節。榮獲成吉思汗金牌獎（2006年）、蒙古天馬獎（2015年）、馬來西亞Numera 世界文學獎（2016年）。在台灣出版漢譯《永久酪農場》（李魁賢譯，秀威，2016年）。

96. 雕刻
The Sculpture

從濃霧海角
我雕刻妳的體型
精雕細琢、整個上午。

我閉眼，坐在
濃霧漫濾間
當霜降
在我頰、耳鼻上。
同樣的手，
同樣的唇、同樣眼睛……
我如此容易看清……
妳的胴體浮在河上；
我要抵制它流動。
妳的形體開花，自我解放，
留下陽光
和霧無常的身體。
妳與我的心靈糾葛
其根基、底座和深度。

轉譯自Sudeep Sen英譯本

阿米紐·拉赫曼　　221

97. 孤苦依賴
Solitary Dependence

這些日子，我很少不開心，
只針對永生悲傷。

我孤苦依賴在半夜甦醒，
感到腳底發冷；
我張大眼睛，看到無窮遼闊
包圍存在的庭院空間，
正像妳的影子。

妳是誰？妳是誰？

有時妳感到熟悉，
有時，又不熟。
有時妳內心光明自在，
有時，又充滿懷疑。
有時妳看似在此世間，
有時，又在他界。

有時妳像小孩，
有時，又無盡沉默。

妳是誰？妳是誰？

夜顫動，心旌搖搖
好像樹葉對微風訴情意。

水波在無瀾河面上動蕩，
魚靜止不動，
星星在編織夢想。

妳是誰？妳是誰？

沉浸於無聲世界，
我獨坐
等晚紅流失。

阿米紐·拉赫曼　　223

另一夜晚來臨，
動，動身，轉身低語
自殺的衝動。

妳是誰？妳是誰？

這些日子，我很少不開心，
只針對永生悲傷。

轉譯自Sudeep Sen英譯本

98. 盈月夜
Full Moon Night

我帶來沙漠的愛
我帶來海洋的愛
我帶來山脈的愛
我也帶來我的愛！

我要貼哪一個地址！
月、夢、無盡時間，何處！
妳屬於哪個地址！
東、西、南、北，何處！

太重帶不動
加上音樂更重
加上回憶更重
加上欲望更重
我要貼哪一個地址！

我曾向廣大綠地詢問妳的地址！
我曾向白雪詢問妳的地址！

阿米紐 · 拉赫曼　　225

我曾向瀑布詢問妳的地址！
無人知道妳的地址！

我把全部愛保留在天空
以閃爍的群星圍繞
就在月亮旁邊！

盈月夜妳在此可找到這些！
當妳聽到河流的音樂
當妳聞到玫瑰的香味
當妳感到臉上的微風
盈月夜妳可以擁有這些！

99. 灰姑娘
Cinderella

妳半夜裡在我面前出現！
當我關閉夢境所有門扉
當我可聽到黑暗聲音
突然妳在我面前出現
就像灰姑娘走出童話故事
我已經足足等待千年
提著我空空的夢籃子等待。

當我問空氣「妳在哪裡？」
當我問夜晚「妳在哪裡？」
當我問月亮「妳在哪裡？」

全部都說「我不知道！」

突然，空氣對我耳語
「對，她正走過來啦！」
妳就從童話故事出現我面前
妳問我「為什麼在半夜醒來？」

阿米紐 · 拉赫曼

我告訴妳「我想要尋夢」
我也對妳說「我要開啟夢境門扉」
妳同我廝守幾分鐘
共享音樂「愛情讓我們活下去」
妳突然消失不見蹤影
從空氣、乙太、到處失蹤！

我一再嘗試要找到妳
可是妳無形、無法捉摸又不可交融

我到處找不到妳
妳無情消失為了救我
卻時時刻刻殺我千遍
流血夜硬撐過，心喃喃不已。

100. 自願流亡
Self-willed Exile

我渴望並排坐到天長地久
妳和我一起去旅行
帶著夢中行李
漫步時感覺像碰到妳的手
妳說「不要碰我的手」
瞇著眼睛
一瞥妳細緻的嘴唇
妳說「把頭轉過去」

那麼多日子軋了一年或更久
詩對我成為禁制
或者說我已導致生命被詩排斥

我照常吃、散步和對妳說話
確實告訴我真的在流亡中
或者全然沉迷於詩國領域──

可能我難得寫下一行詩
整整這些日子裡

阿米紐·拉赫曼　229

可是我滯留在詩國居所內
我的地址依然相同
──立定在莫測高深的詩海
我的地址依然相同如一
深入莫測高深的詩海

那裡風動的門還是敞開
那裡幸福從翠葉滴落下來
那裡水鳥從雲而降

我在那裡生活
居住深度比夢還更深
在那裡可能與我心靈交往
我在那裡生活
我會留在那裡直到天長地久
讓生命成為流亡詩國外的生命。

譯自英譯本

語言文學類　PG1694　名流詩叢23

孟加拉詩100首

編　　著 / 阿米紐·拉赫曼（Aminur Rahman）
譯　　者 / 李魁賢（Lee Kuei-shien）
責任編輯 / 徐佑驊
圖文排版 / 周妤靜
封面設計 / 葉力安

發　行　人 / 宋政坤
法律顧問 / 毛國樑　律師
出版發行 / 秀威資訊科技股份有限公司
　　　　　114台北市內湖區瑞光路76巷65號1樓
　　　　　電話：+886-2-2796-3638　傳真：+886-2-2796-1377
　　　　　http://www.showwe.com.tw
劃撥帳號 / 19563868　戶名：秀威資訊科技股份有限公司
　　　　　讀者服務信箱：service@showwe.com.tw
展售門市 / 國家書店（松江門市）
　　　　　104台北市中山區松江路209號1樓
　　　　　電話：+886-2-2518-0207　傳真：+886-2-2518-0778
網路訂購 / 秀威網路書店：http://www.bodbooks.com.tw
　　　　　國家網路書店：http://www.govbooks.com.tw

2017年2月　BOD一版
定價：280元
版權所有　翻印必究
本書如有缺頁、破損或裝訂錯誤，請寄回更換

國家圖書館出版品預行編目

孟加拉詩100首 / 阿米紐.拉赫曼(Aminur Rahman)
　　編著 ; 李魁賢 (Lee Kuei-shien) 譯. -- 一版. -- 臺
北市 : 秀威資訊科技, 2017.02
　　　面 ;　　公分. -- (語言文學類 ; PG1694)(名
流詩叢 ; 23)
　　BOD版
　　譯自 : 100 poems from Bangladesh
　　ISBN 978-986-326-400-2(平裝)

869.3351　　　　　　　　　　　　　105023386

讀者回函卡

感謝您購買本書，為提升服務品質，請填妥以下資料，將讀者回函卡直接寄
回或傳真本公司，收到您的寶貴意見後，我們會收藏記錄及檢討，謝謝！
如您需要了解本公司最新出版書目、購書優惠或企劃活動，歡迎您上網查詢
或下載相關資料：http:// www.showwe.com.tw

您購買的書名：_____

出生日期：_____年_____月_____日

學歷：□高中 (含) 以下　　□大專　　□研究所 (含) 以上

職業：□製造業　□金融業　□資訊業　□軍警　□傳播業　□自由業
　　　□服務業　□公務員　□教職　　□學生　□家管　　□其它____

購書地點：□網路書店　□實體書店　□書展　□郵購　□贈閱　□其他

您從何得知本書的消息？

　□網路書店　□實體書店　□網路搜尋　□電子報　□書訊　□雜誌
　□傳播媒體　□親友推薦　□網站推薦　□部落格　□其他_____

您對本書的評價：（請填代號 1.非常滿意 2.滿意 3.尚可 4.再改進）

　封面設計____　版面編排____　內容____　文／譯筆____　價格____

讀完書後您覺得：

　□很有收穫　□有收穫　□收穫不多　□沒收穫

對我們的建議：_____

_____

_____

_____

11466
台北市內湖區瑞光路 76 巷 65 號 1 樓

秀威資訊科技股份有限公司　　　收

BOD 數位出版事業部

....

（請沿線對折寄回，謝謝！）

姓　　名：＿＿＿＿＿＿＿＿＿　年齡：＿＿＿＿　性別：□女　□男

郵遞區號：□□□□□

地　　址：＿＿＿＿＿＿＿＿＿＿＿＿＿＿＿＿＿＿＿＿＿＿

聯絡電話：(日) ＿＿＿＿＿＿＿＿＿＿　(夜) ＿＿＿＿＿＿＿＿＿＿

E-mail：＿＿＿＿＿＿＿＿＿＿＿＿＿＿＿＿＿＿＿＿＿＿